파일럿이 궁금한 당신에게

일러두기

이 책은 2013년에 출간된 《스물아홉의 꿈, 서른아홉의 비행》 개정판이다.

파·일·럿·이
궁금한 당신에게

조은정 기장의 ★ 비행 이야기

조은정

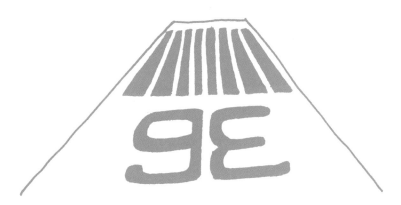

행성B

Contents

희망

희 망 이   보 이 고

준비

준 비 를   해 서

도전

도 전 을   하 면

사람

사 람 의 소 중 함 과

약속

약 속 의 중 요 함 이

인내

인내의 끝에서 꿈으로 실현된다

충전

그러나 가장 중요한 것은 그것을 맘껏 즐기는 것이다

 나는 여러 개의 이름으로 불린다. 부모님이 지어주신 이름은 '조은정'. 이 이름의 여권상 영문 표기는 'Cho Eun Jeong Angela'이다. 그래서 내 파일럿 면허증에는 이 영문 이름이 표기되어 있다. 그런데 외국 사람의 이름도 중국 한자로 쓰는 중국에서는 내 이름을 '趙恩淨'이라고 표기하고 '자오은징'이라고 발음한다. 또 미국 항공학교의 친구들은 나를 '앤지Angie'라고 부르는데, '앤지'를 중국어로 발음하면 '안지安吉'가 되니 결국 내 이름은 '조은정', '자오은징', '앤지', '안지' 네 가지나 되는 셈이다. 그래서 가끔은 무엇으로 내 이름을 소개해야 할지 난감할 때가 있다.

 하지만 나는 이 네 가지 이름 중에 '앤지'라는 이름을 제일 좋아한다. 천주교 신자였던 우리 엄마는 자신이 존경하고 좋아하던 수녀님의 세례명이 '엔젤라'였다는 이유로 나를 '엔젤라'라고 부르길 좋아하셨고, '엔젤라'의 어원이 '엔젤angel, 천사'에서 나온 줄도 몰랐던 어린 나는 엄마가 좋아하는 이름이라는 이유 하나만으로 그렇게 불리는 걸 좋아했다.

 그래서 어른이 된 나는 '은정'이라는 이름이 외국인들에게 기억되기도, 발음하기도 쉽지 않은 이름이라는 걸 알게 되었을 때 엄마가 자주 불러주시던 그 이름 '엔젤라'의 애칭인 '앤지Angie'를 내 영어 이름으로 쓰기로 결정했다.

◇◇◇◇◇◇◇

　우연한 기회에 모교 고등학교에서 후배들을 위해 강연을 했다. 그것을 계기로 몇몇 중고등학교에서 진로 강연을 할 기회가 주어졌다. 매스컴에서도 나의 이야기가 소개되었다. 그러다 보니 많은 사람들로부터 꿈을 향한 고민과 질문들을 계속 받게 되었다. 어쩌면 그리도 내가 했던 고민들과 똑같은지….

　나도 그분들과 똑같은 고민을 했고 똑같이 힘들어했다. 지금 생각해보면 다 마음먹기에 달린 것인데 말이다. 그래서 나는 꿈을 필요로 하는 사람에게 날아가 희망을 전해주는 엔젤처럼, 부족한 글이나마 많은 사람에게 꿈과 희망을 주었으면 하는 바람을 가지고 이 책을 쓰기 시작했다.

　산업디자인을 전공한데다 디자인 작품으로 졸업논문을 대신했던 나는 지금껏 이렇게 긴 글을 써본 적이 없다. 그래서 이 책을 쓰는 동안 참 많이도 답답했다. 마음에서 하고 싶은 말은 폭포수 같은데 그것을 표출할 어휘력도, 표현력도 떨어졌다. 어떻게 독자에게 말을 걸어야 좋을지, 그저 내 얘기만 주렁주렁 쏟아놓는 건 아닌지, 내가 쓰는 이야기가 재미는 있는지, 독자들이 궁금해할 만한 것인지 걱정스러울 때도, 두려울 때도 많았다. 글을 쓰는 일이 이렇게 어려운 일이구나. 커서가 깜빡이는 모니터를 앞에 두고 하얗게 '멍을 때린' 밤들도 종종 있었다.

　그래도 나는 이 책을 완성했다. 세련되지 못한 문맥, 서툴고 미흡하고 투박한 글…. 그렇긴 하지만 이 책에는 스물아홉 살이라는 늦은 나이에 파일럿을 꿈꾸고 그 과정에서 하나하나 이루면서 느끼고 깨달았던 것들, 하늘과 비행기와 함께했던 이야기들, 파일럿을 꿈꾸는 후배들과 늦게나마 새로운 꿈에 도전하면서 내가 했던 망설임과 똑같은 고민을 하는 사람들에게 이제라도 해주고 싶었던 내밀한 고백들을 내 나름의 정성으로 오롯이 담아냈다.

이 책 속에 있는 그림들은 내가 직접 펜으로 그린 것들이다. 미술대학을 졸업했으면서도 한 번도 전공을 살려 일해본 적이 없던 내가 이 책을 읽는 누군가에게 말을 걸고 싶어서 졸업한 지 18년 만에 다시 펜과 붓을 잡았다. 너무 오랜만에 그려보는 그림이라서 마음대로 그려지지는 않았지만, 책을 쓴다는 핑계로 그렇게나 좋아했던 그림을 다시 그려볼 수 있게 되어서 더할 나위 없이 기뻤다. 사실은 그림을 그려보고 싶다는 생각을 여러 번 했는데, 스스로에게 실망할까 봐 지금까지 두려워서 시도하지 못했다.

고백컨대 나는 이 일을 대단히 즐겼다. 거창한 그림은 아니어도 그림을 그리기 위해 준비물을 사러 나서는 발걸음부터 떨리고 설레고 흥분되는 작업이었다. '어떤 그림을 그릴까?' 하고 고민하는 것도 즐거웠다. 글을 쓰다가 생각나는 그림이 있으면 잊어버릴까 봐 들고 있던 아무 펜과 종이로 끄적끄적 아이디어를 옮기는 과정들도 하나하나 귀한 추억이 되었다. 그래서 어쩌면 이 책은 독자를 위한 책이라기보다는 그동안 잊고 지냈던 나의 또 다른 행복을 찾게 해준 책일지도 모르겠다.

파일럿의 일상에는 늘 하늘이 있고 비행이 있다. 그래서 이 책 속의 이야기는 모두 비행에 관한 이야기이다. 하지만 나는 피상적으로 보이는 비행 너머의 또 다른 이야기를 하고 싶었다. 그 이야기는 바로 이런 것이다.

비행을 하다가 큰 비구름을 만나면 파일럿은 주저하지 말고 정면으로 뚫고 지나갈지 피해서 돌아갈지 판단해야 한다. 수십, 수백 명의 생명을 책임지는 막중한 임무를 지니고 있기에 어떤 위험한 순간이 닥치더라도 긴장하지 말고 대범하고도 정확하게 판단하고 위기 대처 능력을 키워야 하는 직업이 바로 파일럿이다. 때로는 정면 돌파를 감행해야 하기도 하고, 고도를 바꾸거나 비구름을 살짝 비켜서 돌아가야 할 수도 있다. 기상레이더를 보고 예상하는 날씨는 어디까지나 예상이기 때문에 조금이라도 의심이 들면, 바로 앞서간 비행기 조종사나 관제사에게 조언을 구해야 할 때도 있다.

나는 이 책을 통해 파일럿을 꿈꾸는 여러분, 또는 파일럿이 아니더라도 자신의 꿈을 키워가고 있는 여러분이 인생 앞에 나타난 비구름을 어떻게 헤쳐나가야 하는지, 자신의 항로를 이탈하지 않고 제 길을 찾아가도록 조언해주고 함께 고민해주는 관제사, 앞서간 파일럿이 되고 싶었던 것이다. 그래서 평탄치만은 않았던 가정환경, 늦은 나이에도 꿈을 포기하지 않은 이야기, 파일럿이 되기 위해 구체적으로 어떤 노력을 했는지 등을 나름대로 담아내었는데, 내 바람이 구름을 타고 교신을 타고 여러분께 잘 전달될지 모르겠다.

나는 현재 이스타항공 소속 보잉737 기장이다. 2013년 6월, 전 직장이었던 중국 항공사와 6년간의 계약을 마치고 한국으로 돌아오기 전 2년간 나는 본의 아니게 기장도 부기장 신분도 아니었다. 대외적으로는 회사가 공인한 기장이었고, 내부적으로는 발령 대기 중인 상태였다. 나는 기장석에 앉아 비행하는 부기장이 되어 2년 동안 비행할 수밖에 없는 상황이었다. 그 과정에서 뜻하지 않게 오해를 사고 만 것이다.

　　이 책은 '스물아홉의 꿈, 서른아홉의 비행'이라는 제목으로 2013년 3월에 초판이 출간되었다. 하지만 완전한 기장이 아니라는 세간의 오해로 인해 이 책은 절판이라는 안타까운 운명을 맞게 되었다. 나는 늦은 나이에 새로운 일에 도전하는 사람들에게 용기를 주고 진심 어린 격려를 보내고 싶었다. 남자들의 세계로만 여기던 파일럿이라는 꿈에 여성도 힘을 내 도전해보길 바라는 마음에서 이 책을 썼다.

　　이제 이 책을 '파일럿이 궁금한 당신에게'라는 제목으로 다시 펴낸다. 오해를 풀고 나의 선량한 의도가 제자리를 찾을 수 있도록 나는 묵묵히 비행했다. 내 이야기가 다시 독자들에게 가닿을 수 있어서 얼마나 기쁘고 고마운지 모르겠다. 그동안 나의 어려움을 이해해주고 다독여준 사람들, 나를 믿고 기다려준 사람들에게 깊은 감사의 마음을 전한다.

2019년 8월

오픈 마인드

★

이 세상에 '절대'라는 것이 있다면 그건 바로 '절대라는
것은 절대 없다'라는 것이다. 올레오 스트럿처럼 어떤
어려움에 부딪혀도 그 충격을 흡수할 수 있는 융통성
을 갖자. 형태에 구애받지 않고 조금은 자유롭게, 다
양한 것들을 담을 수 있는 마음을 가지자. 여분이 있
는 사고는 새로운 것을 만들어낼 수 있고, 여유가 있
는 의식은 어떤 충격도 두려워하지 않고 받아낼 수 있
다. 넓은 가슴에 더 많은 기회를 담을 수 있는 법이다.

'절대'라는 것은
없다

　　　　　　요즘 초등학교 미술 시간에는 어떤
재료를 가지고 만들기를 할까? 문득 궁금해졌다. 내가 어렸을 적만 해
도 미술 재료들이 다양하지 않아서 고작 색종이, 풀, 가위 정도만 가지
고 만들기를 했는데 말이다. 어쩌다 찰흙을 준비해오라 하면 그야말로
신나는 공작 시간이 되었다. 내가 시골 마을에 있는 작은 초등학교에
다녔기 때문에 더 그렇게 느꼈을 수도 있다.

　선생님이 "다음 미술 시간에는 찰흙을 준비해오세요."라고 하면 유
난히도 그다음 미술 시간이 기다려졌다. 손끝에 부드럽게 만져지는 찰
흙의 촉감도 좋았고 이렇게 조물락, 저렇게 주물럭 온갖 상상력을 동
원해 만지작거리다 보면 예상치 못했던 형체들이 내 앞에 불쑥 나타났
다. 그러다 마음에 들지 않으면 언제든지 와구와구 한 덩어리로 뭉쳐서

다시 주물럭주물럭. 이런 재미에 찰흙으로 하는 미술 시간을 그렇게도 기다렸나 보다.

그런데 찰흙과는 달리 비누나 나무에 조각하는 미술 시간은 은근히 부담스러웠다. 할 기회가 많지 않아 서툴기도 했거니와 딱딱하고 단단한 표면을 조각칼로 다듬어 무언가를 완성하는 것이라서 자칫 손을 잘못 놀리다가는 금세 의도하지 않은 모양이 되어버렸다. 결과물이 기대에 미치지 못해 영 마음에 들지 않으면 다시 처음부터 해야 해서 비누나 나무에 조각하는 미술 시간은 여간 조심스러울 수밖에 없었다.

그러나 비단 비누나 나뭇조각만 그럴까? 정형화된 단단한 틀 안에서 무언가를 생각하고 계획하고 다듬어야 할 때는 그것이 유형의 물체이든, 무형의 아이디어든 조심스럽고 생각이 좁아지기 마련이다. 그리고 흔히 그런 틀에 갇힌 사고를 '고정관념'이라고 부른다.

국어사전에서 고정관념이라는 말을 찾아보면 '잘 변하지 아니하는, 행동을 주로 결정하는 확고한 의식이나 관념.'이라고 설명되어 있다. 한자사전에서는 '어떤 사람의 마음속에 잠재하여 항상 머리에서 떠나지 않고 외계의 동향이나 상황의 변화에 의해서도 변혁되기가 어려운 생각.'이라고 정의한다.

단단하고 변화하기 어려운 생각으로 우리는 얼마나 변화무쌍한 미래를 만들 수 있을까? 그래서 나는 가끔 우리의 '꿈과 미래'는 비누나 나무에 하는 조각이 아니라 몇 번이라도 자유롭게 뭉개고 다시 시작할 수 있는 찰흙 놀이였으면 좋겠다는 생각을 하곤 한다. 찰흙 놀이처럼 여유롭게, 부담 없이, 마음에 들지 않으면 반복해서 다시 시작하면 된다는 생각으로 자신의 꿈과 미래를 빚어가는 것이다. 그러면 언젠가는 맘에 드는 결과물이 나오겠지. 포기만 하지 않는다면 말이다. 그렇게 얻게 된 만족감이나 자존감이 바로 행복으로 이어지는 것이라 나는 믿는다.

인생에도 충격 흡수제가 필요하다

내가 조종했던 에어버스320이나 현재 조종하고 있는 보잉737 항공기의 이륙 최대 중량은 대략 77톤이다. 반면 착륙 최대 중량은 65톤이다. 이륙과 착륙의 최대 중량이 12톤이나 차이가 나는 것이다. 그 이유는 비행기가 착륙할 때 받게 되는 충격을 바퀴가 견뎌내야 하는데, 그 중량에 한계가 있기 때문이다.

비행기 바퀴와 비행기 몸체를 연결하고 있는 기둥을 '올레오 스트럿 oleo pneumatic shock strut'이라고 부른다. 이 기둥 안에는 액체 성분과 공기 성분이 함께 들어 있어서 비행기가 착륙할 때 스프링 역할을 해서 충격을 흡수하도록 설계되어 있다. 만약 비행기에 올레오 스트럿 같은 충격 흡수 장치가 없다면 어떻게 될까? 딱딱한 고철로 만든 기둥 아래 바퀴가 직접 연결되어 있다면? 제아무리 파일럿의 착륙 기술이 훌륭하다 해도

착륙 시의 강한 충격을 고스란히 받아내야 할 것이다.

이 세상에 '절대'라는 것이 있다면 그건 바로 '절대라는 것은 절대 없다.'는 것이다. 우리 마음에도 올레오 스트럿처럼 어떤 어려움에 부딪혀도 그 충격을 흡수할 수 있는 융통성이 필요하다. 형태에 구애받지 않고 조금은 자유롭게, 다양한 것들을 담을 수 있는 마음을 가지자. 여분이 있는 사고는 새로운 것을 만들어낼 수 있고, 여유가 있는 의식은 어떤 충격도 두려워하지 않고 받아낼 수 있다. 넓은 가슴에 더 많은 기회를 담을 수 있는 법이다.

편견은 시야를 좁히고
귀를 멀게 하는 장애

중국에서 비행하던 당시 헐렁해진 선글라스 프레임을 조이기 위해 안경 가게를 찾았을 때의 일이다. 내가 중국인이 아니라는 사실을 눈치챈 주인 부부가 외국인 아가씨인 나에게 이런저런 말을 걸어주었다.

"중국에 온 지 얼마나 됐어요?"

"중국에서 살기 힘들지 않아요?"

"학생이에요? 일해요? 무슨 일 해요?"

상하이에서 항공사에 다니고 있다고 하니 그 부부는 "아, 스튜어디스?"라고 한다. 나는 이미 이런 반응에 많이 익숙해져 있다.

항공사에 근무한다고 하면 대개 99퍼센트는 아무 의심도 하지 않고 객실 승무원이나 공항에서 일하는 직원일 거라고 생각한다. 그게 아니라 파일럿이라고 하면 금세 나를 대하는 얼굴 표정이 달라진다. 믿기지 않는다는 듯한 미소와 함께 "그래요? 대단하시네요! 남자들만 하는 일인 줄 알았는데… 여자 파일럿은 처음 봐요."

예전에는 그 뒤에 설명해야 하는 말이 길어져서 굳이 파일럿이라는 걸 밝히지 않았다. 상대방이 어떤 상상을 하든 그저 "네~"라고 했을 뿐.

남자가 하는 일, 여자가 하는 일이라는 편견. 누가 그렇게 정의 내린 것도 아닌데 우리는 알게 모르게 생활 속에서, 혹은 관습 속에서 자연스럽게 그런 편견을 갖고 있다. 여자에게 어울리는 일이 있고, 남자가 해야 하는 일이 따로 있다.

그런 편견에 따르면 파일럿은 남자들이 하는 대표적인 직업 중에 하나다. 물론 파일럿이라는 직업을 가진 대부분의 사람들이 남성이다. 세계에서 여성 파일럿이 가장 많은 미국에서도 여성 파일럿은 전체 파일럿의 10퍼센트도 되지 않는다.

한국에서는 5년 전만 해도 항공사마다 두세 명 있는 정도였으니 대한민국을 통째로 다 뒤져봐도 여성 파일럿은 열 명이 채 안 되었다. 최근 몇 년간 급속하게 늘어나고 있는 추세이긴 하지만 중국에서든 한국에서든 여성 파일럿이 차지하는 비중은 여전히 적은 편이다.

비행기가 크면 조종사의 힘도 커야 한다?

비행에 대해 궁금해하는 친구들이 자주 하는 질문 중 하나가 비행을 하고 목적지까지 가는 동안에 계속 수동으로 조종하는지 또는 자동으로 조종하는지에 관한 것이다. 대부분의 사람들은 파일럿이 계속해서 밖을 보면서 수동으로 비행기를 조종한다고 생각한다. 그래서 '구름 속에 있으면 어떻게 조종하느냐', '12시간씩 비행하는 경우 밥은 어떻게 먹느냐' 하고 질문한다. 사실을 말하자면, 일단 이륙을 하고 나면 밖을 보고 비행하는 것이 아니라 주로 조종실 내의 계기판에 의존해서 비행하기 때문에 밖이 보이건 보이지 않건 상관이 없다. 그리고 제트기에는 '오토 파일럿auto pilot'이라는 비행 자동화 장치가 있어서 이륙 직후에는 이를 가동시키면 된다.

오토 파일럿을 가동시킬 수 있는 최저 고도는 회사마다 조금씩 차이가 있지만 내가 중국에서 조종했던 에어버스320의 경우 제조사인 에어버스의 매뉴얼에 따르면 이륙 후 100피트약 33미터, 2019년 현재 한국에서 조종하고 있는 보잉737의 경우 400피트(약 120미터)의 고도에 이르면 오토 파일럿을 가동시킬 수 있다고 되어 있다. 100피트, 400피트라는 고도는 비행기가 이륙한 후 3초 또는 10초의 시간 안에 도달할 수 있는 고도이다.

그럼 오토 파일럿을 가동시킨 후에 파일럿은 그냥 노는 걸까? 물론 아니다. 수동으로 조종간을 움직여서 비행기 날개를 움직이는 것이 아

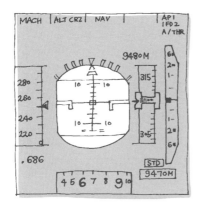
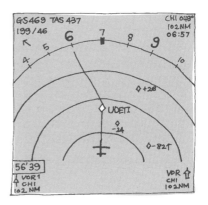

닐 뿐, 컴퓨터에 알파벳이나 숫자를 입력하고 버튼을 돌려서 속도, 방향, 고도 같은 것을 변경시키고 조종간을 움직이도록 명령한다. 동시에 관제사와 끊임없이 교신하면서 목적지까지 가는 것이다. 특별한 일이 없는 한 비행기가 목적지에 도달해서 착륙하기 약 5분 전에, 즉 활주로가 파일럿의 눈에 들어온 이후에는 오토 파일럿에서 수동 조종으로 모드를 변경해 조종간을 잡게 된다. 이쯤 되면 비행기 조종은 힘보다는 머리로 하는 것이라고 짐작할 수 있을 것이다.

승객을 안전하게 목적지까지 인도하려면 비행기 안에는 조종사와 객실 승무원이 필요하다. 비행기가 이륙하고 착륙하는 동안 그 둘은 같은 시간을 보낸다. 그런데 왜 대부분 조종사는 남자가 하고 객실 승무원은 여자가 하는 걸까? 같은 노선을 비행하는 조종사와 객실 승무원은 비슷한 시간에 출근해서 같은 시간 동안, 같은 비행기 안에서 일한다. 조종사는 조종석에 앉아 버튼을 돌리고 누르는 등 자동화된 기계를 조작하는 방식으로 일을 하고, 객실 승무원은 꼿꼿한 자세로 승객들에게 인사하고, 오버헤드 빈overhead bin, 승객 좌석 위쪽에 부착된 선반에 짐을 올리고 내리는 것을 돕고, 식음료가 가득 담긴 무거운 카트를 밀고 끌며 서빙을 한다. 잠깐의 휴식 시간이 있기는 하지만 여정이 끝날 때까지 대부분의 시간을 육체적인 노동으로 보내는 것이다.

흔히 남자와 여자는 체력이 다르기 때문에 조종사는 남자가 해야 한다고 생각한다. 이런 편견은 과연 맞는 것일까? 조종사는 객실 승무원보다 체력적으로 더 힘든 직업일까? 물론 비행 중 기계 결함이 발생하거나 악천후에 비행을 해야 하는 등 비정상적으로 운항해야 하는 상황에서는 강인함과 판단력이 매우 필요하다. 하지만 이런 강인함과 판단력은 성별에서 비롯되는 차이가 아니다.

어느 날 아버지가 내 손목을 보며 물으셨다.

"이렇게 가는 손목으로 어떻게 그 큰 여객기를 조종하는 거냐?"

오늘날의 여객기는 힘으로 조종하는 비행기가 아니다. 조종간을 잡고 버튼을 돌리는 데는 그렇게 큰 힘이 필요하지 않다. 심지어 조종간은 손가락 두 개 가지고도 조종할 수 있을 만큼 민감하다. 버튼을 돌리고 누르고 잡아당기고 컴퓨터에 숫자나 알파벳을 입력하고 파워 핸들을 밀고 당기는 데 무슨 힘이 들겠는가? 지식과 경험, 냉철한 판단력,

신중한 선택, 반복된 연습과 훈련으로 숙련된 기술… 이런 것들로 조종을 하는 것이다. 그렇다면 비행기를 조종하기에 여성이 남성보다 부족한 점은 분명 없어 보인다. 모든 것은 그저 우리의 편견에 지나지 않는다.

"Ladies and Gentlemen, This Is Your Captain Speaking!"

여객기 조종실에 들어가면 기장의 자리는 왼쪽이고 부기장의 자리는 오른쪽이다. 승객이 타고 내리는 문은 왼쪽에 있다. 그래서 승객들은 가끔 탑승하다가 기장 조종석 옆 창문으로 나를 보곤 한다. 나를 본 승객들은 두 번 놀란다. 우선 내가 여자이기 때문에 놀라고, 또 생각보다 어려 보여서 놀란다. 그들 중 일부는 연예인이라도 만난 듯이 옆 사람과 수군대기도 하고, 일행의 옷을 잡아당기기도 하고, 심지어는 스마트폰을 꺼내 사진을 찍기도 한다.

처음에는 그런 모든 것들이 어색하고 '혹시 내가 여자라서 불안해하지는 않을까?' 하는 생각에 탑승하는 승객들이 나를 볼 수 없도록 블라인드로 창문을 닫아놓곤 했다. 조종사가 여자라는 것을 들킬까 봐 기내 방송도 잘 하지 않았다. 부끄러운 일이라도 한 사람처럼, 죄라도 지은 것처럼, 해서는 안 될 일을 하고 있는 것처럼 숨어서 비행기를 운행했다.

　지금은 오히려 그때의 행동과 생각이 부끄럽게 느껴지지만, 당시에는 내 스스로도 세상의 편견에서 벗어나지 못하고 있었던 것이다. 겉으로는 여성도 파일럿이 될 수 있다고 외치면서 속으로는 여성 파일럿들에 대한 편견을 지우지 못했던 셈이다.

　요즘엔 창문을 마주 두고 탑승 중인 승객과 눈 마주치기를 즐긴다. 누군가 나를 보고 생각이 달라지기를 바라는 마음 반, 내 스스로가 여성이라는 것을 자랑스럽게 여기는 마음 반으로 승객들과 눈이 마주치면 미소로 화답하고 손도 흔들어 보인다. 그리고 더 안전하고 편안한 비행이 될 수 있도록 노력한다. 여성이라도 다르지 않다는 것을 증명해야 하기 때문이다.

　편견은 우리의 시야를 좁게 하고 귀를 멀게 한다. 그래서 내가 진정으로 하고 싶은 일이 무엇인지, 무엇을 잘 할 수 있는지 생각하는 폭을 좁혀버린다. 편견은 다른 누가 만들어주는 것이 아니라, 내 스스로 만든 장애일 뿐이다. 눈을 크게 뜨고 마음을 열고 귀를 쫑긋 세우고 주위를 둘러보자. 지금 당신이 하고 싶은 게 무엇인지, 당신의 꿈이 무엇인지 찾지 못하고 있다면 당신 스스로 편견이라는 테두리 안에 자신을 가두고 있는 것일지도 모른다. 편견이라는 장애를 극복하고 재활을 도와줄 유일한 의사는 오직 당신 자신뿐이다.

마음에 있지 않으면
보아도 보이지 않는다

"心不在焉, 視而不見, 聽而不聞,

食而不知其味_{심부재언 시이불견 청이불문 식이부지기미}"

마음에 있지 않으면, 아무리 좋은 색을 보아도 그 색이 눈에 들어오지 않

고, 아무리 좋은 소리를 들어도 그 소리가 들리지 않으며, 아무리 맛있는

음식을 먹어도 그 맛을 알지 못한다.

공자가 쓴 《예기禮記》의 〈대학大學〉에 나오는 말이다. 이 말이 내포하는

뜻은 "마음에 있지 않으면 보아도 보이지 않는다. 하고자 하는 마음이

없으면 어떤 일을 행해도 참된 성과를 거둘 수 없다."는 것일 테다. 나

는 이 말에 참 공감이 간다.

나는 이기적인데다 고집도 센 편이다. 지금까지 45년을 살아오면서

한 번도 아버지의 뜻대로 살아주지 않았고 내가 하고 싶은 대로, 내 고 집대로, 내 생각대로, 나만을 위해서 살아왔다. 어려서 엄마가 돌아가 셨으니 진로에 대해 고민하거나 결정해야 할 때는 당연히 아버지와 상 의하고 아버지의 뜻을 존중해야 했지만, 나는 한 번도 아버지의 의사 를 그대로 받아들인 적이 없다. 그도 그럴 수밖에 없었던 이유는 늦둥 이 막내로 예정 없이 나를 낳으신 아버지와 내 세대가 너무나 달랐기 때문이다.

나의 아버지

사실 우리 집은 가난하지 않다. 그렇지만 나는 풍족하게 쓰면서 자 라지 못했다. 아버지는 돈이 없는 분이 아니었으나 쓸 줄은 모르시는 분이었고, 그래서 우리 형제들은 다 클 때까지도 아버지를 '자린고비', '구두쇠'라며 야속해 했다. 지금에야 그런 아버지가 이해도 되고, 아버 지처럼 힘든 시절을 살아야 했다면 나도 별반 다르지 않았을 것이라는 생각도 하지만, 철없던 어린 시절에 그런 철든 생각을 하기란 쉽지 않은 법이다.

명절날이나 아버지의 생신처럼 온가족이 모이는 날이면, 아버지는 늘 술을 한 잔 걸치고 똑같은 레퍼토리를 읊조리신다.

"나는 말이야. 어렸을 때 밥 한 끼 제대로 배불리 못 먹어서… 남의 집살이 하느라 설움이… 학교 문 앞에도 못 가보고…."

이렇게 시작되는 아버지의 레퍼토리는 거나하게 취해 잠이 드실 때까지 계속되곤 했다.

아버지는 가난한 집 6남매 중 둘째 아들이었다. 어려운 살림을 챙기느라 학교에는 가보지도 못하신 분이다. 동네 친구들이 학교에 가고 없는 사이 남의 집에 가서 일을 해주고 쌀 한 말을 받아오면, 그걸로 할머니와 할아버지와 6남매가 죽을 끓여 드셨다고 한다.

아버지는 가난이 싫었고, 배고픔이 지긋지긋했으며, 남의 집에서 일하며 받았던 설움도, 학교에 가지 못해서 한글조차 읽을 수 없었던 환경도 모두 원망스러웠다고 한다.

아버지는 돈을 모으기 위해 안 해보신 일이 없었다. 악착같이 일해 돈이 모아지면 동네에 나온 땅을 조금씩 사모으셨고 그렇게 사들인 땅은 다시는 팔지 않으셨다. 돈은 손에 쥐고 있으면 금방 사라져버린다며, 땅으로 가지고 있으면서 그걸 낙으로 삼은 분이 우리 아버지셨다.

내가 초등학교에 다니던 어느 날, 우연히 아버지가 소리 내어 드문드문 한글을 읽으시는 것을 보게 되었다. 그때는 왜 아버지가 한글을 그렇게 천천히 읽으시는지 몰랐다. 서울에서 교육받은 엄마가 아버지와 결혼하신 후 아버지께 한글을 가르쳐드렸다고 한다.

아버지는 교육을 받지 못하셨기 때문에 살아가면서 필요한 것을 스스로 깨우쳤고 그 과정에서 자아가 생겼으며, 그것이 아버지가 살아가는 철학이 된 듯하다. 그러나 아버지는 재산을 모으는 법만 터득하셨을 뿐 그렇게 모아진 재산을 어떻게 써야 하는지는 끝내 배우지 못하셨다. 누가 사주지 않으면 스스로는 늘 싼 옷만 입고 다녔으며, 싼 신발을 신고 싼 음식을 드셨다. 넉넉한 재산이 생겨도 스스로는 여전히 가난한 아버지셨다.

아버지는 우리 형제들이 법학을 공부해 법조인이 되기를 바라셨다. 아버지가 자라면서 받은 남의집살이 설움에 보란 듯 자랑거리가 되어주길 바라는 마음에서였다. 하지만 우리 형제들은 공부보다는 그림 그리기를 좋아했고, 게다가 소질도 있었다. 학교에서 필요하다고 하니 스케치북과 크레파스를 사다 주기는 하셨지만, 내가 아무리 미술대회에서 상을 받아와도 별로 반가워하지 않으셨다.

내가 꾸어야 내 꿈이다

법대에 가서 법조인이 될 수 없으면, 무난하게 선생님이 되거나 공무원 같은 걸 하면 여자 직업으로는 최고라고 여기셨던 아버지에게 나는 미술대학에 가겠다고 고집했다. 한마디로 아버지에게 나는 청개구리였다. 아버지는 내가 여중, 여고를 졸업했으니 여대를 가야 마땅하다고

하셨지만 나는 굳이 남녀공학에 가려 애를 썼다. 1991년도는 학력고사 시절이라 '선지원 후시험'이었는데, 아버지의 희망을 뿌리치고 내 마음대로 한양대학교에 입학원서를 낸 것이다. 학력고사를 치르기 전날, 텔레비전에 내가 지원한 학과의 경쟁률이 13대 1로 나왔을 때 아버지는 "거봐라, 여대는 경쟁률이 2대 1, 3대 1인데 내 말을 안 들으니 이렇게 된 거 아니냐!" 하며 나를 꾸짖으셨다. 살짝 겁이 나긴 했지만, 어린 맘에 '안 돼도 내 선택이다! 후회 없다!'라는 무데뽀 심리가 발동했다.

나는 다만 공부를 억지로 하고 싶지 않았을 뿐이다. 내 인생을 내 생각이 아닌, 다른 사람의 생각대로 살고 싶지 않았을 뿐이다. 안 돼도 내가 원하는 대로 꿈을 꾸고, 그 꿈을 향해서 노력할 때 내 온 힘을 다할 열정이 솟아난다고 믿었다. 할 수 있는지 없는지의 문제가 아니라, 하고 싶은지 아닌지의 문제라고 믿었다. 아무리 좋은 돼지꿈이라도 내가 꾸어야 내 꿈이라고 믿었다. 이기적이었던 나는 아버지가 원하는 꿈대로 살아서 아버지가 행복해지시기보다 내가 먼저 행복해지고 싶었다.

처음 듣는 아버지의 칭찬

내가 주한 미국 대사관에 근무할 때부터 아버지는 나를 자랑스럽게 여기셨다. 2002년 2월 조지 워커 부시George Walker Bush 미국 대통령이 내

한했을 때 잠시 주한 미국 대사관저에서 보좌를 맡은 적이 있었는데, 그때 나와 부시 대통령이 함께 찍은 사진을 아버지는 시골집 거실 한가운데 걸어놓으셨다. 살이 좀 많이 쪘을 때 찍은 사진이라 나 자신은 어디에 꺼내놓기도 부끄러웠건만 아버지는 지금도 집에 손님이 오실 때마다 그걸 내보이며 자랑을 하신다.

하지만 아버지는 옛날 분이시다. 여자란 모름지기 아무리 좋은 대학을 나오고 좋은 직장을 다녀도 돈 잘 벌고 듬직한 남자를 만나 시집가는 게 최고라고 여기시는 그런 분. 그런 아버지에게 나는 또 한 번 청천벽력 같은 말을 했다. 미국 대사관 일을 그만두고 파일럿 공부를 하겠다고.

"내 딸이 미국 대사관에 다닌다."며 자랑스러워하셨던 아버지였으니 반대하실 게 불을 보듯 뻔했다. 하지만 나는 또다시 이기심을 발동시켰고, 그렇게 내 욕심을 좇아서 갔다.

그렇게 번번이 고집스럽게 내 꿈을 찾아 내 방식대로 살아가고, 한 번도 아버지가 하라는 대로 순순히 응해주지 않으니 아버지도 내가 하고 싶다는 공부, 하겠다는 일을 순순히 도와주지 않으셨다. 나 또한 내 고집대로, 내 맘대로 한 것이라서 아버지의 도움을 받으려고 굳이 애쓰지 않았다. 그러다 보니 악착같이 할 수밖에 없었다. 번듯하게 해내서 '내 뜻대로 하니 잘되지 않았느냐'고 말할 수 있어야 했다. 꾀를 부리거나 운을 바라거나 게으름을 피울 수 없었다. 힘든 일임을 각오했다. 그러나 내가 하고 싶은 것을 하는 것이기에 힘들어도 힘들게 느껴지지 않았다.

2011년 1월, 중국에서 기장 승진 시험을 치르던 그날 아버지는 밤새 잠을 이루지 못했다고 하셨다. 시뮬레이터에서 보는 기장 실기 시험이 있었는데 새벽 2시에 끝나 전화를 드리지 않았더니, 시험에서 낙방해 전화가 없는 것으로 여기셨단다. 다음날 아침 8시에 전화를 드렸더니 "어떻게? 안 됐어?" 하는 나지막한 목소리가 들렸다. "합격했어요!"라고 수화기 너머에 계신 아버지께 말했다. 아버지의 눈물이 들렸다. 아버지는 처음으로 "고맙다."고 말씀하셨다. 태어나서 처음 듣는 아버지의 칭찬이었다. 결국 내가 행복해하니 아버지도 행복하신 거였다. 고집 센 딸내미 때문에 많이 속상하셨겠지만, 결국 내가 이룬 꿈에 아버지도 행복하신 거였다. 방법의 차이였을 뿐, 알고 보면 아버지가 바라던 행복은 결국 나의 행복이었다.

우리 스스로 행복해야 부모님도 행복해하신다는 것. 당연한 진리지만 사실 그것을 느끼며 살기란 쉽지 않다. 세상의 어떤 부모도 자식이 불행해지는 것을 바라지 않으신다. 다만 자식의 행복을 위해 말씀하고 뒷바라지하는 것이 우리의 뜻과 맞지 않아 상처받으시는 것일 뿐이다.

부모님, 형제자매, 그리고 주위에서 나를 사랑하고 아끼는 사람들이 행복해지려면 내가 먼저 행복해져야 한다. 나는 그렇게 되기 위한 방법으로 당장 말 잘 듣는 딸이 되기보다 내 꿈을 향해, 내 마음에 있는 일을 하기 위해 조금은 이기적인 고집을 부렸다. 훗날 용서받을 길이 있을 거라 믿으면서.

세상의 반은
여자다

2012년 10월 24일, 한국의 뉴스 전문 채널 YTN에서 "우리나라의 남녀 성 평등 수준은 세계 최하위권으로 아랍이나 아프리카 국가와 비슷하다는 보고가 발표됐다."는 뉴스를 본 적이 있다. 한국에서도 여성의 위상이 꽤 높아졌다고 생각한 나에게 이 보도는 가히 충격적이었다.

중국인 기장들과 비행하다 보면 종종 나에게 "한국 남자들은 여자를 때린다며?" 하고 물어올 때가 있다. 이런 질문을 받으면 뭐라고 대답해야 할지 몰라 난감할 때가 한두 번이 아니다. 사실이 아니라고 할 수도, 그렇다고 할 수도 없는 현실 때문이다. 2010년에 여성가족부가 조사한 '전국 가정폭력 실태' 결과에 따르면 부부 폭력율은 53.8퍼센트에 달했고, 2011년 한국가정법률상담소의 통계에 따르면 남편이 아내를 폭행하는 경우가 전체 가정폭력 중 81.9퍼센트를 차지한 것으로 나타났다. 또 가정폭력 피해로 생명에 위협을 받는 여성이 2009년 기준 50만 명에 육박한 수치로 집계되었다. 참으로 부끄러운 현실이다.

그런데 나는 이런 부끄러운 현실을 바꿀 수 있는 사람은 바로 우리, 여성 자신들이라고 생각한다. 여성 스스로 여성이기 때문에 불리하다는 생각을 버리고, 오히려 여성이기 때문에 더 특별하다는 생각으로 긍정적인 한국 여성의 미래를 만들어나가야 한다고 생각한다. 물론 하루 아침에 손바닥 뒤집듯 쉽게 되는 일은 아닐 것이다.

내가 주한 미국 대사관에서 일하던 2000년대 초, 대사관에서 쓰던 모든 문구류는 미국에서 직접 들여온 것이었다. 아마도 미국이라는 나라가 50개의 주로 이루어져 정부 기관이 워낙 많고, 해외에 나가 있는 대사관들의 규모도 크다 보니 정부 기관에서 사용하는 문구류만 따로 만드는 기업체가 있었던 듯싶다. 이렇게 미국에서 들여온 문구류에는 하나같이 '미국 정부'를 뜻하는 "United States of America Government"라는 글귀가 박혀 있었다.

미국 대사관 입사 초기에 나에게 깊은 인상을 주었던 것 중 하나가 바로 이 문구류에 있었다. 서류 봉투나 편지 봉투마다 "Equal opportunity!"라는 캠페인 슬로건 같은 문구가 쓰여 있었던 것이다. 'Equal opportunity'란 인종이나 성에 따른 차별이 없는 '동등한 기회'라는 뜻이다. 나는 그때 '여성의 권위가 비교적 높은 미국에서조차 이런 슬로건을 곳곳에 적어놓아야 할 만큼, 여성이 남성에 비해 불리하구나.' 하는 생각을 했더랬다.

그런데 '이 작은 슬로건 하나가 얼마나 세상을 바꿀까?' 하는 의구심이 들었음에도, 아직까지 그 문구가 내 기억 속에 또렷하게 남아 있는 것을 보면, 미국 정부의 그 작은 노력이 아주 효과가 없지는 않은 것 같다. 오히려 지금은 사회적 약자에게 기회를 더 부여해 어떤 단체든 성별이나 인종에 관계없이 고루 채용하도록 제도화한 미국의 노력이 새삼 부럽기도 하다.

양력과 실속

'비행기는 어떻게 그 많은 승객과 화물을 싣고 하늘을 날 수 있는 것일까?' 같은 걸 궁금해하는 사람들이 많다. 나도 파일럿이 되겠다고 항공역학을 공부하기 전까지는 비행기가 날 수 있다는 게 참으로 신기했다.

공기가 어떤 물체를 가르며 지나가거나 공기가 지나가는 공간이 좁아지면 기압은 낮아지고 속도는 빨라진다. 이를 이용해 비행기의 날개 아랫부분을 평평하게 하고 윗부분을 둥글게 곡선 형태로 만들면, 날개 윗면을 지나가는 공기의 속도는 빨라지면서 기압이 낮아지고, 날개 밑면으로 지나가는 공기의 속도는 윗면보다 느려지면서 상대적으로 기압이 높아지게 된다. 비행기 날개의 윗면과 아랫면 간에 압력차가 발생하는 것이다.

비행기 설계의 기본은 바로 이러한 원리를 이용했다. 다시 말해 비행기 날개 밑면의 높은 공기 압력이 날개 윗면의 낮은 공기 압력 쪽으로 이동해 날개를 밀어주면 비행기가 뜨는 것이다. 이것을 '양력lift'이라 하고, 이런 원리를 스위스의 수학자이자 물리학자였던 다니엘 베르누이Daniel Bernoulli의 이름을 따서 '베르누이의 원리Bernoulli's principle'라고 부른다.

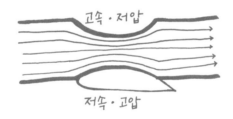

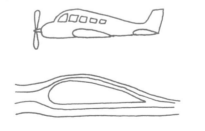

날개의 각도를 높이면 양력도 커지기 때문에, 비행기를 상승시키려면 날개의 각도를 더욱 높여야 한다. 하지만 무턱대고 높이는 것은 곤란하다. 비행기 날개의 상하 각도를 어느 한계 안에서 유지하지 못하고 위쪽으로만 높일 경우 오히려 날개의 윗면과 아랫면에 흐르는 공기의 흐름이 박리되면서 양력을 잃게 되기 때문이다. 이것을 '실속失速, stall'이라고 한다.

정리하자면 날개 윗면과 밑면의 공기 흐름이 적당히 균형을 맞춘 어느 일정한 범위 안에서만 비행기의 양력이 유지되어 날 수 있다는 말이다. 만일 그러지 못하고 날개의 각도가 한쪽 방향으로만 올라가면 날개 윗면의 공기 흐름이 박리되면서 실속 현상이 나타나 결국 추락하고 만다.

비행기가 나는 원리를 이렇게 길게 설명하는 이유는 앞서 이야기했던 '여성의 역할을 우리 스스로 찾자.'라는 말을 하기 위해서이다. 유형의 것이든 무형의 것이든 세상에 존재하는 그 어떤 것도 한쪽으로만 기울어져 있으면 무너져내릴 수밖에 없다. 남성과 여성의 사회 참여율, 서로에 대한 존중, 역할 분담, 자격 조건, 기회…. 이런 것들 또한 서로 균형 있게 자리잡혀야 이 세상을 살아가는 우리 모두가 행복해질 수 있다. 그러나 그 균형점은 누가 잡아주는 것이 아니다. 세상의 반인 여성이 먼저 그 변화를 주도해야 한다. 그리고 그 시작은 남성에게 뒤지지 않는 자격을 갖추고 "나도 잘 한다."고 당당히 말하는 것에서부터 시작된다.

혹독한 여자 교관

미국 항공학교에 다닐 때 나의 첫 비행교관은 백인 남자였다. 다정하고 부드럽고 따뜻한 성격이어서 나를 무척이나 편안하게 해주었다. 그런데 나는 이상하게도 이 교관이 썩 맘에 들지 않았다. 그 당시 나는 한국에서 모아온 돈을 그저 쓰기만 하는 처지인데다, 비싼 학비를 내고 학교를 다니는 터라 기왕이면 빡세게 배워서 하루라도 빨리 항공사에 입사하고 싶었기 때문이다. 하지만 나의 첫 비행교관은 그런 내 맘을 아는지 모르는지 다정하고 부드럽고 따뜻하기만 했다. 어쩔 수 있겠는가. 처음 2주간은 마음을 비우고 그 부드러운 남자 교관으로부터 비행교육을 받았다.

그러다가 우연히 하루에 1시간씩 이틀 정도 다른 여자 교관의 이론 수업을 듣게 되었는데, 깜짝 놀랐다. 나탈리 버만Nathalie Berman이라는 이름의 이 여자 교관은 나보다 나이가 어렸는데도 아주 당찬 모습으로 똑 부러지게 수업을 진행했다. 어떤 질문을 받든 잠시도 머뭇거림 없이 충만한 자신감으로 설명하는 모습에서 나는 강한 인상을 받았다.

'오, 이 여자 교관 좀 무섭겠는데? 이 교관의 학생은 죽어나겠군!'

누구에게도 뒤질 것 같지 않은 자신감, 확신 있는 수업, 온몸에서 발산되는 카리스마를 보건대, 그녀가 리드하는 대로 따라가기만 하면 못할 게 없을 것만 같았다. 그녀를 보면서 '이거구나! 이걸 배워야겠구나!'

라고 생각했다. 그 길로 학교 매니저를 찾아가 비행교관을 그녀로 바꿔 달라고 요청했다.

역시나, 생각했던 것만큼, 아니, 생각했던 것보다 더 많이 그녀는 깐깐했고 까다로웠으며 최소한 비행에 관해서는 완벽주의자였다. 비행을 끝내고 하늘에서 내려오면 어김없이 그녀의 수많은 비판이 기다리고 있었다. 그녀에게서 교육을 받는 동안 얼마나 많은 눈물을 흘렸는지 모른다. 그렇잖아도 내 마음대로 비행이 되지 않아서 속상해 죽겠는데, 그녀의 혹독하고 인정사정없는 질타를 듣고 있노라면 '내가 왜 이 여자 교관을 선택했을까.' 하는 생각에 자기 발등을 도끼로 찍은 것처럼 후회하곤 했다.

그러던 어느 날, 그날은 내 힘껏 준비도 많이 하고 공부도 열심히 해서 '오늘은 꼭 나탈리를 만족시키고야 말겠어!' 하며 자신 있게 비행한 날이었다. 하지만 그날도 여지없이 나는 모진 평가를 들어야 했다. 분명 잘한 것도 있는데 그에 대한 칭찬은 하지 않고 조목조목 못한 것만 꼬집어 혼을 내는 그녀가 너무도 야속해서, 나는 그만 그녀 앞에서 폭포수 같은 눈물을 흘렸더랬다. 가슴속에 그동안 참았던 것이 복받쳐 한꺼번에 울컥 쏟아져 내렸다.

나는 그녀에게 처음으로 대들었다.

"내가 그렇게 못했어? 내가 늘 그렇게 못해? 나는 잘하는 게 하나도 없어? 칭찬 좀 해주면 안 돼?"

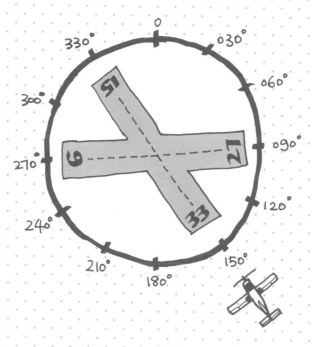

그러자 나탈리도 나와 함께 눈물을 흘리기 시작했다. 학교의 한 작은 교실에서 두 여자가 "엉~ 엉~", "꺼이~ 꺼이~"하고 어찌나 서럽게 울었던지 다른 교실에 있던 교관과 학생들이 죄다 '무슨 일인가?' 하고 달려왔었다. 그때 나탈리가 말했다.

"앤지, 우리 여자들은 남자와 똑같이 해서는 경쟁할 수 없어. 남자보다 더 잘해야 선택받을 수 있는 거야!"

나탈리는 그 후 교관으로 비행경력을 쌓아서 미국의 한 항공사에 입사했고, 그 항공사에서 50인 미만 승객이 탑승하는 작은 제트기 기종으로 경력을 쌓았다. 마지막으로 소식을 들었을 때는 미국의 한 메이저 항공사에서 내가 중국에서 운항했던 기종과 똑같은 에어버스320의 부기장으로 일하고 있다고 했다.

지금은 연락이 뜸해졌지만 우리는 이메일이나 스마트폰 앱으로 소식을 주고받으며 그날의 일을 떠올리곤 한다. 그녀는 여전히 깐깐하게 말한다.

"비행에는 한치의 실수도 나태함도 용서가 안 돼!"

여성 파일럿이 제일 많은 항공사

며칠 전 회사에서 비행 준비를 하는데 여성 파일럿 유니폼을 입은 처음 보는 얼굴이 다가와서 인사를 했다.

"안녕하세요?"

우리는 비행을 나가기 전에 잠시 짬을 내어 이것저것 서로에 대해 이야기했다. 그녀는 우리 회사에 입사한 여성 파일럿 중에 아홉 번째라고 했고, 열 번째 여성 파일럿이 지금 교육을 받고 있다고 했다.

내가 새 회사에서 모든 교육을 받고 비행을 막 시작하게 됐을 때, 150명 중 여성 파일럿은 내가 유일했으니 여성 파일럿의 비율이 전체 조종사의 1퍼센트도 되지 않은 셈이다.

지금은 조종훈련생과 현역으로 휴가 중인 사람을 제외하고, 내가 입사한 뒤 퇴사한 사람과 출산 후 실제로 비행하는 파일럿까지 해서 약 300명쯤 된다. 그중에서 여성 파일럿의 숫자는 약 10명. 약 3퍼센트이다. 회사가 성장하면서 파일럿의 숫자도 늘어났고, 아직은 미미하지만 이에 맞춰 여성의 참여율도 함께 성장한 것이다.

몇 년 전만 해도 어느 항공사의 여자 조종사가 교신을 하면, 듣고 있던 항공 관련자들은 목소리만으로 단번에 그 사람이 누구인지 알아맞힐 수 있었다. 하지만 최근엔 여자 조종사가 많아져서 나와 친분이 있는 제주공항 관제사님은, 우리 회사의 다른 여자 조종사가 교신했을 때도 혹시 내가 비행 중인가 하고 문자메시지를 보내온다. 내 목소리를 못 알아봐준 것은 서운하지만, 그만큼 남성의 전유물이라 여겼던 파일럿이라는 직업의 세계에 변화가 일고 있음을 느낄 수 있어 흐뭇했다.

이런 분야에 여성이 도전하면 '그래, 얼마나 잘하나 한번 보자!' 하는 시선으로 바라본다. 그 시선이 그렇게 곱지는 않다. 하지만 그 시선을 한번 즐겨보자. 그 곱지 않은 눈빛이 놀람의 눈빛으로 바뀔 때까지, 그리고 우리 후배들은 그런 눈빛을 받지 않도록 조금 더 노력하자.

'최초'와 '처음'은
단어 하나 차이

2012년 10월 말의 어느 날, 중국의 동북쪽 지린성吉林省, 길림성의 창춘長春, 창춘이라는 곳에 비행을 갔다. 대개 4~5시간 정도의 짧은 거리 비행은 퀵 턴을 하는데, 그날도 느지막한 오후 창춘에 도착해서 늘 하던 것처럼 퀵 턴을 하기 위해 비행기 주유 세팅을 하고 외부 검사를 하려고 잠시 비행기에서 내려왔다. 부연 설명을 하자면, '퀵 턴quick turn'이란 목적지에 도착해서 숙박을 하지 않고 바로 주유 및 청소를 하고 식음료를 실어 승객을 탑승시킨 후, 1~2시간 이내에 다시 비행에 오르는 것을 말한다. 왕복 비행이 될 수도 있고 또 다른 목적지로 가기 위한 퀵 턴이 될 수도 있다.

위도상 북한보다 위쪽에 위치한 창춘의 10월 말 오후. 기온은 섭씨

0도. 비행기 밖으로 나가기 위해 공항 게이트에 연결된 브릿지 문을 열자 차가운 바람이 거세게 얼굴에 부딪혔다. 상하이에서 가을 옷을 입은 채로 출발했던 나는 바람이 차갑기도 하거니와 그 세기 때문에 숨이 막힐 지경이었다. 하늘은 당장이라도 내려앉을 듯 시커먼 구름으로 뒤덮였고 오후 4시가 지났을 뿐인데도 조명을 켜야 앞이 보일 정도로 컴컴했다.

'잠깐이니 괜찮다.'고 스스로를 다독거리며 있는 대로 옷깃을 여몄다. 손을 바지 호주머니에 깊게 찔러 넣고 몸을 웅크린 채 서둘러 볼일을 마친 후 비행기에 올라탔다. 찬 기운이 가득 묻은 재킷을 벗으며 꽁꽁 언 뺨을 손으로 감싸고 있자니 조종실 창문 틈에서 흩뿌리는 무언가가 보였다.

"아, 눈이다!"

'첫눈'이었다. 상하이는 위도상 제주도보다 살짝 아래 지역에 위치해 있어 겨울 평균 기온이 영상 10도 내외였다. 그렇다 보니 눈이 잘 내리지 않을 뿐더러 설사 눈이 내린다 해도 쌓이기도 전에 녹아버려서 겨울이 와도 눈 구경을 하기가 힘들었다. 이렇게 비행을 하며 하루에도 몇 번씩 '동에 번쩍, 서에 번쩍' 해야 눈 구경이라도 하게 되는 셈이었다.

첫눈!

방금 전까지만 해도 매서운 바람이 야속하고 무서울 만큼 어두컴컴한 하늘에 기가 죽어 냉큼 비행기 안으로 뛰어 들어오고 싶더니, 첫눈을 보는 순간 그 모든 것이 이해가 되고 용서가 되고 정당한 이유가 되었다. 오히려 당장 밖으로 뛰어나가고 싶어졌다. 이렇게 첫눈은 내 마음을 순식간에 바꾸어놓았다. 〈10월의 어느 멋진 날에〉란 노래 제목처럼….

겨울이면 늘 내리는 눈이지만 '첫눈'은 사람을 설레게 하고, 소망을 기원하게 만들고, 부정적인 것을 긍정적으로 바꾸어놓는 아주 특별한 힘을 가지고 있다. 봉숭아물이 빠지기 전에 첫눈을 보면 사랑이 이루어진다는 막연한 믿음도 '첫눈'이니까 가능한 거다.

눈뿐만이 아니다. '처음'이라는 말은 늘 기분이 좋다. 시골 마을에 살던 어린 시절, 서울에 살던 큰언니가 사다준 초콜릿을 처음 먹어봤을 때의 느낌, 초등학교 2학년 때 원더우먼이 그려진 손목시계를 처음 찼을 때의 기분, 새 학기에 받아온 새 교과서를 해가 지난 달력으로 한 권 한 권 곱게 포장하며 가슴에 아로새기던 각오, 새로 사주신 설빔을 받아들고 어서 빨리 시간이 지나 설날 아침에 입기를 소망하던 마음, 가슴에 하얀 손수건을 옷핀으로 꽂고 초등학교에 입학하던 날의 세상, "내가 진심으로 사랑한 사람은 네가 처음이야!"라는 말을 처음 들었을 때의 애틋함, 그리고 내 등에 파닥이는 날개를 처음 발견한 듯한 나의 첫 솔로 비행.

첫 솔로 비행

2002년 12월 7일. 그날은 내가 교관 없이 단독으로 처음 비행한 날이다. 교관 없이 학생이 혼자 비행하는 것을 '솔로 비행solo flight'이라고 한다. 교관이 옆에 타고 있을 때는 '비행하다가 잘못돼도 교관이 해결해줄 거야!', '교신을 놓쳐도 교관이 듣고 대답해줄 거야!', '착륙할 때 실수해도 교관이 교정해줄 테니 걱정 없어!' 하는 마음이 나도 모르게 자리잡는다. 그런데 교관이 내 비행 로그북에 솔로 비행을 해도 괜찮다는 사인을 해준 것이다.

혼자 비행기에 처음 타던 그날. 나는 가슴이 두근두근, 교신을 하나라도 놓칠까 신중에 신중을 기하며 마음을 하나로 모았다. 그리고 잠시 후 활주로 앞까지 비행기를 택싱taxing, 비행기가 지상에서 활주로에서 파킹 장소로 향할 때 바퀴로 이동하는 것하고 나아갔다. 활주로 한가운데 하얀색으로 길게 그려진 센터 라인runway center line에 비행기 머리를 일렬로 배치해놓고 관제탑에 이륙 허가를 요청했다.

"Tower, Student pilot N94ER, Ready for take-off, Runway 27."

아직 면허증이 없는 학생의 첫 솔로 비행이었기 때문에, 교신을 할 때면 꼭 '스튜던트 파일럿student pilot'이라는 명칭을 함께 붙여 관제탑이 나의 비행 수준을 알 수 있도록 했다. 그래야 교신도 더 천천히 해주고 이착륙이 서툴러도 이해해주기 때문이다. 또 학생이 솔로 비행에서 이착륙할 때 가능한 한 다른 비행기들을 멀리 떨어뜨려 놓는다.

"N94ER, Tower, Wind 270 at 5 knots, Cleared for take-off, Runway 27."

관제탑의 이륙 허가와 함께 나는 엔진 파워를 최대로 올리고, 브레이크에서 발을 뗀 뒤, 비행기의 롤링 아웃rolling out, 비행기가 이륙하기 전에 활주로에서 달려나가는 것을 했다. 비행기가 활주로를 달려 이륙 속도에 다다랐을 때 조종간을 서서히 잡아당겨 비행기 머리를 들어주었다. 비행기의 날개가 바람을 타고 양력을 받아 하늘로 날아오른다. 내 첫 솔로 날갯짓은 그렇게 시작되었다. 아기 새가 어미 새를 따라 높은 나무 위 둥지에서 뛰어내려 첫 날갯짓을 배우듯 나의 비행은 그제야 비로소 날갯짓을 시작했다.

미국에서는 첫 솔로 비행이 끝나면 의례히 하는 의식이 있다. 입고 있던 티셔츠의 등짝을 잘라서 거기에 교관이나 친구들 또는 본인이 인상 깊었던 느낌이나 에피소드들을 그림이나 글로 표현하는 것이다. 좀 과격한 학교는 첫 솔로 비행을 마친 친구에게 물세례를 퍼붓기도 한다. 내가 다녔던 미국 항공학교에서는 학교에 달린 종을 울려 모든 이들의 시선을 집중시킨 후 만인의 박수를 받으며 담당 교관으로부터 윙_{wing, 가} _{슴에 다는 금색이나 은색의 작은 날개 모양 배지}을 선물 받아 가슴에 단다. 가슴에 다는 첫 번째 윙은 첫 솔로 날갯짓을 의미한다.

주한 미국 대사관저 비서

대사관저 비서로 주한 미국 대사관에 입사했을 때, 나에게는 선임이 없었다. 전에는 없었던 자리였기 때문에 그 일을 가르쳐주고 인수인계를 해줄 '선임자'라는 것이 아예 존재하지 않았던 것이다.

내가 맡았던 임무는 주로 대사 부인을 보좌하는 것, 대사님과 대사 부인의 스케줄이 함께 조정되도록 관리하는 것, 대사관저에서 일어나는 모든 행사의 스케줄과 준비를 담당하는 것, 관저 직원들의 스케줄과 그들의 휴가 또는 임금 지불을 관리하는 것, 대사 부부의 곁에서 일거수일투족을 파악하는 것 등이었다. 물론 대사님께는 남자 수행 비서가 있었고 사무실에도 스케줄을 관리하는 여비서가 있었지만, 그 둘은 모두 미국 대사관에 외교관으로 온 미국인들이었다. 물론 대사관 의전

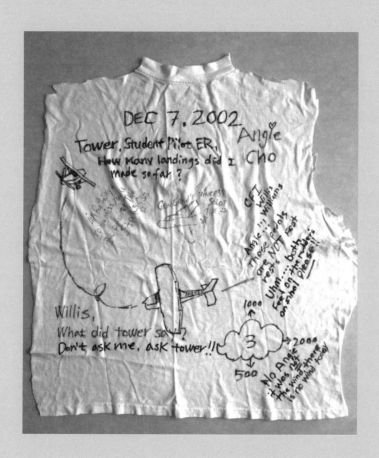

실에도 한국인 담당자가 있었지만 그곳에서는 행사와 관련된 손님들의 초대와 의전에만 주로 관여했다. 그래서 대사님은 두 분의 스케줄이 삐걱거리지 않도록 모든 것을 세세하게 종합하고 관저의 직원들이 단합해서 체계적으로 행사가 진행될 수 있도록 누군가가 필요하다고 여기셨던 모양이다. 그래서 선택된 사람이 나였다.

선임자 없이 모든 것을 스스로 배워가며 일을 해야 했던 나는 처음 일주일 동안은 너무나 힘이 들었다. 환경도 낯선 곳인데다가 일 또한 무엇부터 해야 하는지 아무도 알려주지 않았으니 죽겠는 거다.

아무도 맡은 적이 없었던 '최초의 자리'에서 긴장과 스트레스로 하루하루를 보내면서 '과연 호텔 일을 그만두고 직장을 옮긴 것이 잘한 일인가?' 하는 의문과 후회도 들었다. 급기야 출근한 지 일주일이 되던 날은 퇴근하고 집에 돌아와 눈물을 펑펑 쏟았다. 그런데 희한한 일이 벌어졌다. 혼자서 실컷 울고 나자 도리어 오기가 생긴 것이다.

'그래, 까짓것 해보지 뭐. 내가 하면 그게 일이 되는 거지. 내가 가면 그게 길이 되는 거고…. 최초를 만드는 사람이 되는 것도 나쁘지 않아.'

그렇게 마음을 고쳐먹고 나니 일이 훨씬 수월하고 즐겁게 느껴졌다. 누군가가 가르쳐줄 것을 기대하지 않고, 모르는 일은 느리더라도 스스로 터득해가며 하면 된다고 생각하니 그동안 버겁고 힘들었던 일들이 모두 당연히 내 일이 되었다. 당연한 것을 할 때는 그 어떤 불평도 불만도 생기지 않는 법이다. 어떤 정해진 가능성도 약속되어 있진 않았지

만, 그렇다고 어떤 불가능성도 확정되어 있지 않았다. 내가 가능하게
만들면 되는 것이었다.

표창장

살면서, 학교에 다니면서 내가 최고로 많이 받아본 상은 '개근상'이
다. 두 번째로 많이 받은 상은 미술대회에서 받은 상이다. 그러던 나에
게 중국 항공학교에서 이전에는 없었던 '우수 교관 표창장'을 만들어서
그 첫 번째 수상자로 나에게 준 일이 있다.

내가 비행교관으로 일했던 중국 항공학교는 오전과 오후로 교대근
무를 하는 자리였다. 그런데도 나는 아침 6시에 출근해서 밤 10시가
넘어 퇴근했다. 일을 사랑해서도 아니었고, 월급을 더 많이 주어서도
아니었다. 표창장에 욕심이 나서는 더더욱 아니었다. 그저 학교에 있는
시간이 많아지면 조금이라도 비행할 수 있는 기회가 많아지지 않을까
하는 기대로 하루 종일 학교에서 죽치며 시간을 보냈던 것이다. 간단히
말하자면 내 욕심을 채우기 위해 학교에 있었던 것이다.

당시 학교는 여러 가지 문제로 비행 실기 연습을 하기에 열악한 환경
이었다. 기상이 좋으면 공군이 비행훈련을 한다고 하늘을 다 차지했다.
공군의 비행훈련이 없는 날은 늘 바람이 세거나 기상 상태가 좋지 않은

날뿐이었다. 그러다 보니 연습을 할 수 없는 날이 비일비재했다.

학생이나 나나 예기치 않은 일정으로 공군의 비행훈련이 취소되는 시간을 노려야 했다. 그런데 그런 짬은 예정되어 있지 않아서 늘 이른 아침부터 밤 늦게까지 학교에서 대기하며 이론 수업을 했던 것이다. 내 학생들은 하루빨리 비행을 배워 졸업해야 항공사로 돌아갈 수 있었고, 나 또한 어서어서 비행 경력 시간을 쌓아야 항공사에 입사할 자격이 주어지니, 서로의 이해가 잘 맞아떨어진 셈이다.

동기야 어쨌든, 그렇게 많은 시간을 학교에서 보내다 보니 실제로도 내가 다른 비행교관보다 비행을 많이 하게 되었다. 더불어 내 학생들의 비행 진도도 빨리 나갔다. 그러자 학교의 학생들이 너도나도 내 학생이 되길 희망했고, 학교에서는 그런 나에게 표창장을 줘서 다른 교관에게 모범이 되었으면 하고 생각했던 것 같다.

의도한 것은 아니지만, 이전에는 없던 상이 만들어지고 내가 최초 수상자가 되었으니 기분 좋은 일이었다. 그 상은 앞으로도 나에게 '성실하게 잘하자.'는 각오와 다짐의 징표가 될 것이다.

중국 최초 한국인 여성 파일럿

표창장을 받은 일이 계기가 되어 우수 교관으로 인정받으면서 학교 관

계자들 모두가 나를 긍정적으로 대해주었다. 중국 항공사에 입사할 때도 좋은 평가로 추천해주었고 학교를 떠나 항공사에 간 뒤에도 학교에서 떼야 할 서류가 있을 때면 귀찮은 내색 없이 신속하게 처리해주었다.

중국에는 34개가 넘는 항공사가 있고 약 1만5천 명의 파일럿이 있다. 그중에 나는 제트기 기장 경력 없이 외국인 신분으로 중국 항공사에 최초로 입사한 파일럿이다. 동시에 나는 중국에서 한국인 여성으로서 비행기를 조종한 최초의 파일럿이다.

내가 처음 중국 지샹_{吉祥, 길상}항공사에 들어갔을 때의 일이다. 그때는 여성 파일럿 옷이 없었다. 당연히 그때까지 파일럿은 모두 남자였으니까. 여성 파일럿 옷을 만들어본 적이 없던 의상 디자이너는 내 신체 지수를 재면서 좀 난감해했다.

"당신 옷을 어떻게 만들어야 할지 모르겠어. 남자 옷과 어떻게 차별화해야 할까?"

그래서 내 유니폼은 지금 여성 파일럿들이 입는 유니폼과는 모양이 조금 달랐다. 이후에 여성 파일럿들이 줄줄이 입사했으니 내 옷은 샘플 옷이었던 셈.

파일럿과 승무원이 한 팀이 되어서 크루버스를 타고 공항으로 출발하기 전에 대기하는 승무원 대기실이 있다. 그 한쪽 벽에 내 사진이 걸려 있다. 거기에 사진이 걸려 있다는 것은 그만큼 나에게 주어진 책임이 크다는 뜻이다. 꼬리표처럼 나에게 붙어 다니는 이름.

'지상항공사 최초의 여성 파일럿!'

최초의 여성 파일럿으로서 모두의 모범이 되어야 한다는 무언의 책임이 따르는 것이다. 그래서 나는 그 사진을 볼 때마다 항상 각오를 새롭게 다지곤 했다.

'처음'이라는 말은 사람을 신나고 가슴 설레게 한다. 반면 '최초'라는 말은 은근히 부담될 때가 많다. 왜 그럴까? 아마도 '처음'이라는 말은 누군가 해봤던 일이지만 나 자신은 한 번도 해본 적이 없는 일이라는 의미가 내포되어 있고, '최초'라는 말은 아무도 해보지 않은 것을 한다는 의미가 커서 결과에 대한 두려움이 함께 존재하기 때문일 것이다.

하고 싶은 것이 있는데 남들이 해보지 않았던 것이라서 망설이고 있다면, 그것이 '최초'라서 두려운 것이라면, '최초'라는 말을 '처음'이라는 말로 바꾸어 생각해보자. '최초'와 '처음'은 단어 하나의 차이일 뿐 새로운 도전이라는 점에서 어차피 똑같다.

파란 하늘의 높은 고도에서 비행기가 하얀 기체를 내뿜으며 지나간다. 이것을 '콘트레일contrail, 비행운'이라고 부른다. 그 하얀 기체가 지나간 자리가 마치 길 같아서 우리는 가끔 그것을 보고 낭만에 젖어든다. 나도 할 수 있다. 그리고 당신도 할 수 있다. 가지 않은 파란 하늘에 길을 만들며 지나가는 비행기의 콘트레일처럼 다른 사람들에게 기분 좋은 길을 만들어보는 것. 무너질 듯한 무거운 하늘도, 살을 에는 듯한 찬바

람도 용서의 이유가 되고, 희망의 존재가 되는 '첫눈' 같은 사람이 되는 것. 최고의 기록은 끊임없이 변하지만 최초의 기록은 영원히 변하지 않는다.

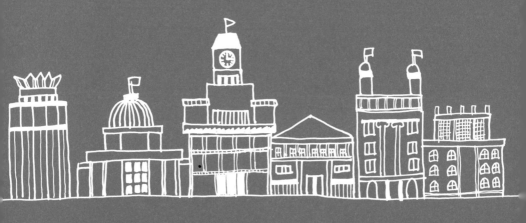

희망

★

풍족한 환경, 완벽한 뒷받침이 있어야만 꿈을 이룰 수
있는 것은 아니다. 개천에서 솟아오른 용이 특별한 이
유는 개천에서 나왔기 때문이다. 까만 밤하늘의 별들
은 암흑 속에 있을 때 가장 빛난다. 슬프고 빈약한 과
거는 더욱 큰 성취를 가져다주고, 어두운 배경은 미래
를 더욱 빛내주리라 믿는다.

밤하늘의 별들은
암흑에서 빛난다

직업상 공항을 내 집 드나들 듯 하
다 보니 자주 보게 되는 것이 공항 안에 입점한 부티크 숍이나 화장품
숍이다. 에스컬레이터를 타고 탑승 게이트로 내려가다 보면 정면에서
시선을 끄는 샤넬Chanel의 시계 광고가 있다. 계속해서 새로운 패션 브랜
드들이 탄생하고 있지만, 샤넬은 오랜 전통을 유지하면서 단연 앞서가
고 있는 최고의 브랜드가 아닌가 싶다.

코코 샤넬Coco Chanel. 샤넬 브랜드의 창업자인 그녀. 부유한 집안에
서 유복하게 자란 사람은 아니다. 프랑스 남부의 가난한 집에서 태어나
어머니와 일찍 사별했고 아버지가 행상을 하며 지방을 떠돌아다녔기
에 일찍이 고아원에 맡겨졌던 그녀. 고아원에서 바느질을 배웠고 조금
커서는 유아용품 판매원으로 일했던 그녀. 그러다가 스무 살의 나이에

가난한 시골에서 탈출하기 위해 술집에서 노래하고 춤추는 직업을 가졌던 그녀. 당시 '코르티잔courtesan'이라고 불리던 그녀의 직업은 부유한 남자들이나 귀족들의 사교 파트너가 되어주는 일이었다. 그녀가 동경했던 선배 코르티잔 마리 뒤플레시스Marie Duplessis의 상징인 동백꽃을 샤넬 브랜드의 상징으로 쓴 데는 이러한 배경이 깔려 있다.

하지만 그렇게 어렵게 살았던 그녀가 모자 디자인을 시작으로 세계 최고의 패션 브랜드 샤넬을 만들지 않았는가? 그리고 보면 어떤 부모에게서 태어나고 어떤 환경에서 자랐는지가 꼭 그 사람의 미래를 결정짓지는 않는 것 같다. 오히려 어려운 환경이 강한 정신력을 키워주어 거친 세상을 잘 이겨나가게 하는지도 모르겠다.

중국에서 살면서 많이 듣던 질문 중에 하나가 '중국에서 살 만하냐', '어디가 제일 살기 좋으냐', '중국에서 살면서 불편한 점은 없느냐' 하는 것들이다. 내 나라에 사는 것만큼 편할 수야 없겠지만, 나는 그런대로 중국에서의 생활에 만족했다. 아니 상하이에서 살았던 6년이 매우 행복했다.

우선 상하이는 대도시여서 좋았다. 가까운 곳에서 모든 문화적인 혜택을 누릴 수 있었기 때문이다. 음악회나 공연을 볼 수 있는 기회도 많았고, 외국 슈퍼마켓이나 레스토랑도 가까운 곳에 있어 좋았다. 교통편도 다양해서 이동하기도 어렵지 않았다.

그런데 내가 대도시를 좋아하는 진짜 이유는 어릴 때 사방이 산으로 둘러싸여 교통이 불편하고 문화적인 혜택을 누리기 어려운 아주 작은 시골 마을에서 태어나고 자랐기 때문인지도 모른다. 코코 샤넬이 가난하고 불편한 시골이 싫어 대도시 파리로 떠났던 것처럼 나도 조용하고 외롭게 자란 시골이 싫어 북적대고 바쁜 도시를 좋아하는 것인지도 모른다.

내 어린 시절을 모르는 주변 사람들은 내가 소위 '깡촌'에서 태어나서 자랐다는 사실을 상상하지 못한다. 깍쟁이 같이 강한 인상이라 그럴 수도 있고, 지금의 내 라이프스타일이 도시적이라 그런 것일 수도 있다. 더군다나 여객기 조종을 하는 여자라면 유복한 집안에서 태어나 부모님이 밀어주는 대로 공부하고 유학도 다녀왔을 거라는 선입견을 갖고 있는 듯하다.

그런데 내가 자라온 배경은 이와는 많이 다르다. 완전히 깡촌에서 태어나 엄마 없이 자랐다. 그런 내가 해외까지 진출해 비행기 조종을 하고 있으니 한마디로 말하면 나는 '출세'한 거다. 그래서 내 고향 산촌리에는 마을 입구에 플래카드가 걸렸던 적도 있다.

내가 자라고 사랑한 시골 산촌리

'산촌리'라는 이름처럼 내가 태어나고 자란 시골 마을은 사방이 산과 들, 논밭으로 둘러싸인 곳이다. 소와 염소가 여기저기 뚝방 아래 묶여 있고, 전기도 내가 두 살 때나 겨우 들어왔다. 전화기도 마을 이장님 댁에 딱 한 대 있었고, 그나마 손잡이를 빙빙 돌려 교환을 호출해서 전화를 거는 방식이었다. 마을에 사는 누군가에게 전화가 걸려오면 이장님은 마을 전봇대에 걸린 스피커를 통해 "은정이 어머니, 서울 큰딸한테서 전화왔어요. 얼른 와서 전화받아요!" 하고 방송하곤 하셨다.

시내버스가 들어오지 않아 왕복 1시간을 걸어서 초등학교에 다녔고, 포장이 되지 않은 도로라 비가 오면 질퍽질퍽해서 신발이 온통 진흙투성이가 되곤 했다. 산촌리에는 온통 조씨 성을 가진 사람들만 살았다. 옛날에 조씨 3형제가 들어와서 생긴 마을이라고 한다. 그래서 우리 동네 사람들은 다들 먼 친척뻘 되는 사람들이다. 나는 그런 시골 마을에서 살았다.

내 모교 신하초등학교는 한 학년에 두 반, 한 반에 30명씩 전 학년이 360명 정도 되는 작은 학교였다. 우리에게는 우등상보다 개근상이 더 중요했다. 무슨 일이 있어도, 아무리 아프더라도 학교는 꼭 가야 하는 곳이라고 생각하며 다녔다.

학교를 마치면 대부분 아이들이 가방을 집어던지고 술래잡기, 말타기, 사방치기, 소꿉놀이 등을 하면서 흙과 먼지 속에서 뛰어놀았다. 전자오락실도 없었고 블록 같은 장난감도 찾아보기 힘들었다. 주변에 책을 빌려 읽을 만한 도서관도 없었고 서로 나누어 읽을 만한 책을 가진 아이들도 거의 없었다. 떡볶이집도 없었고 빵집도 없었다. 기껏해야 약간의 생필품에 과자 몇 종류, 라면 몇 상자가 전부였던 구멍가게 하나가 있었을 뿐이다.

집집마다 아궁이에 불을 땔 때 밥을 하던 그 시절, 굴뚝에 연기가 하나둘씩 솟아오르면 멀리서 아무개의 엄마가 밥 먹으라고 불렀다. 그것을 신호 삼아 하나둘 집으로 돌아가야 그날의 일정이 끝났다. 이렇듯 내 어린 시절에는 공부를 잘해야 한다는 생각도, 학원을 다녀야 한다는 생각도 없었다. 그런 것은 전혀 중요한 것이 아니었다. 그때는 세상 사람들이 다 그렇게 사는 줄 알았다. 그래서 불편한 줄 모르고 살았나 보다.

중학교에 들어가면서 우리 마을에도 하루에 세 번씩 버스가 들어왔다. 집집마다 전화기도 놓였다. 전화기가 처음 설치되던 날, 어찌나 신기하던지 전화기가 울리기라도 하면 나는 다른 사람이 받기 전에 후다닥 뛰어나가 수화기를 집어 들곤 했다. 문명의 편리함을 경험하고 보니 편하고 좋았다. '전화가 없던 시절에는 어찌 살았나', '버스가 안 다녔을 적에는 저 길을 어떻게 걸어 다녔나' 싶었다. 지금이야 교통도 발달되고 정보통신기술도 발달해서 시골 어디를 가도 불편함이 없다지만, 그래도 나는 불편했던 어린 시절을 떠올리게 하는 시골이 여전히 싫다.

아픈 엄마와 홀로 지내는 법을 배워야 했던 나

나는 엄마가 없다. 살아온 인생의 4분의 3을 엄마 없이 살아와서 그런지 엄마가 없는 게 오히려 익숙하다. 코코 샤넬이 열두 살에 엄마를 여의었다고 했나? 나도 비슷한 나이에 엄마를 잃었다.

초등학교 4학년 가을. 엄마가 갑자기 서울에 있는 큰 병원에 검사를 받으러 갔다 오겠다고 하셨다. 그때까지 혼자서 밥을 해본 적이 없던 나에게 엄마는 밥공기 하나를 주면서 처음으로 밥하는 법을 가르쳐주셨다.

"우리 식구는 할머니, 아버지, 너 이렇게 세 명이니까 이 공기로 쌀을 한 공기 담고 물은 여기 손등까지 오도록 담고…."

엄마는 3일 정도면 검사를 다 받는다며 그동안 먹을 찌개며 반찬을 만들어놓을 테니 밥상 위에 차리기만 하라고 일러두고선 서울로 떠나셨다. 그러나 3일이면 돌아올 줄 알았던 엄마는 찌개가 떨어지고 반찬이 다 떨어져도 돌아오지 않았다. 암이 많이 진행되어 그 길로 수술을 받고 그대로 병원에 입원하신 거였다.

사람이 죽는 병이라고는 백혈병밖에 못 들어봤던 나는 암이 무슨 병인지 몰랐다. 수술이 끝났다고 하니 3일 안에 돌아오지는 못해도 일주일 정도면 돌아올 것이라고 생각했다. 일주일이 지나도 엄마가 돌아오지 않자 한 달만 지나면 돌아올 거라고 생각했다. 그렇게 기다리다 겨울이 되었다. 그동안 나는 엄마가 없는 빈자리를 절실히 느껴야 했다. 생전 해보지도 않던 밥을 해야 했고 청소며 설거지도 해야 했다.

하루는 대학에 다니느라 나가 살던 막내 오빠가 방학이라고 건장한 대학 친구 둘을 데리고 집에 왔는데, 나는 엄마가 알려준 대로밖에는 밥을 할 줄 몰랐기에 한 끼 식사를 위해 세 번이나 밥을 해야만 했다. 아버지의 양복바지를 다린다고 다리미질을 할 때는 아무리 해도 주름이 펴지지 않아서 '에라 모르겠다.' 하고 포기하기도 했다. 그때만 해도 나는 다리미질을 할 때 옷감에 물을 뿌려야 한다는 사실을 몰랐었다. 나중에 아버지가 바지에 물을 뿌려 다리미질을 하시는 걸 보고 '아하!' 하고 깨달았을 뿐.

엄마가 병원으로 가버린 날부터 나는 학교 도시락을 싸가지 못했다. 그런 나를 위해 아버지는 빵을 한 상자씩 사놓곤 하셨다. 나는 빵 먹는 것이 창피해서 점심시간이 되면 운동장 그네에 혼자 앉아 급식 우유와 함께 얼른 먹어치우곤 했다.

그렇게 나는 엄마 없이 살림을 익히고 홀로 지내는 법을 배워나갔다. 엄마가 아프신 뒤로 나는 참 많이 외로웠다. 또래 친구들이 거의 없던 시골 마을에서 소꿉놀이 친구이자 말 상대였던 엄마가 돌아가시면서 나는 스스로 배우고, 스스로 생각하고, 스스로 계획하고, 혼자서도 잘해야 하는 독립심을 선택의 여지없이 그렇게 배워나갔다.

독립을 꿈꾸다, 밤하늘의 반짝이는 별처럼

내 모교 이천 양정여자고등학교는 이천 근방에서 최고로 알아주는 여학교였다. 나는 그 학교 기숙사에서 고등학교 시절을 보냈다.

전화가 들어오고 버스가 다니기 시작한 지 이제 겨우 2년이 되던 무렵이었다. 이때까지만 해도 우리 시골 마을에는 아침에 한 번, 점심에 한 번, 그리고 저녁에 한 번 시내버스가 들어갔다. 초저녁에 들어가는 마지막 버스를 놓치고 나면 마을에서 가까운 큰길을 지나가는 시내버스를 타고 가서 다시 30분 정도 어두운 시골길을 걸어가야만 집에 도착했다. 중학교 3년은 그렇게 다녔는데, 고등학교에 입학했을 때는 아버지를 졸랐다. 고등학생이 되었으니 공부도 더 많이 해야 하고 자율학습도 늦게까지 해야 한다, 그런데 버스를 타고 다니면서 하기에는 힘들다며 그럴듯한 핑계를 대고 기숙사에 들어간 것이다.

작은 시골 한옥집이라 아버지와 같은 방을 썼건만 아버지와 나 사이에는 워낙 대화가 없었다. 어릴 때는 아버지가 무서워서 말을 못 했고, 사춘기가 되면서는 대화가 통하지 않는다고 생각했다. 그래서 기숙사로 나오자 날개를 단 것처럼 자유로웠다. 관심사가 같은 친구들과 한방에 모여 재잘댈 수 있는 것이 즐거웠고, 무거운 책가방을 어깨에 메고 한참을 걸어 다니지 않아도 되어 꿈결처럼 행복했다.

기숙사 방에는 2층 침대가 4개, 최대 여덟 명이 같은 방을 쓰는 구조였다. 화장실은 소위 말하는 '푸세식' 화장실이었고, 샤워실이 없어서 동네 목욕탕으로 일주일에 한 번씩 목욕을 갔다. 텔레비전은 당연히 없었다. 대신 기숙사에 있는 선배들의 장래희망이나 진로에 대한 이야기를 들으며 내 꿈에 대해 생각해보기도 하고, 선배가 기타 치는 모습에 반해 3만 원짜리 기타를 사서 배워보겠다고 용쓰다가 손가락에 굳은살이 살짝 박히기도 했다.

주말이면 친구들은 모두 집으로 돌아갔다. 하지만 나는 시골집에 가고 싶은 마음이 전혀 들지 않았다. 엄마도 없고 반기는 사람도 없었기 때문이다. 그래서 가더라도 바로 당일에 텅 빈 기숙사로 돌아오곤 했다. 여름방학에는 기숙사를 열지 않기 때문에 집에 돌아가야 했는데, 나는 빨리 개학하기를 손꼽아 기다렸다. 그토록 나는 밖에서 겉돌며 방황하는 사춘기를 보냈다. 그때의 나에게 낡은 기숙사는 세상의 어떤 궁전보다도, 그 어떤 호화 주택보다도 따뜻하고 편안한 곳이었다.

학교에서 겨울방학부터 기숙사를 폐쇄하기로 결정했을 때 나는 오갈데 없는 고아처럼 눈앞이 캄캄해졌다. 마침 그때 신혼의 막내 오빠가 시내에서 함께 살자고 손을 내밀어주었다. 아홉 살 차이 나는 오빠였지만 그래도 6남매 중 늦둥이였던 나와 가장 잘 통하는 오빠였다. 그런 오빠와 시내에서 함께 살게 되어서 무척이나 안심이 되었다. 비록 가게에 딸린 작은 쪽방에서 사는 것이었지만, 오빠가 그때 손을 내밀어주지 않았더라면 나는 '여객기를 조종하는 파일럿'이 아닌 '불량 비행 아줌마'가 되었을 수도 있다.

풍족한 환경, 완벽한 뒷받침이 있어야만 꿈을 이룰 수 있는 것은 아니다. 개천에서 솟아오른 용이 특별한 이유는 개천에서 나왔기 때문이다. 까만 밤하늘의 별들은 암흑 속에 있을 때 가장 빛난다. 슬프고 빈약한 과거는 더욱 큰 성취를 가져다주고, 어두운 배경은 미래를 더욱 빛내주리라 믿는다.

늦게 출발해도
목적지에는 도착한다

초저녁 비행을 나가기 위해 회사에 출근했다. 공항 바로 옆에 위치한 회사의 실외 주차장에 차를 세우고 비행 가방을 들고 차에서 내리는데 심장을 가득 채워주는 익숙한 소리가 들려왔다. 이륙하는 비행기의 힘찬 엔진 소리가 그것이다. 발을 구르는 듯한 작은 소리에서 시작되어 점차 무르익다가 최고 출력에 다다르면 감정이 폭발하는 듯한 절정의 순간을 맞이하며 비행기가 발을 떼고 힘껏 날아오른다.

남들은 '소음'이라고 여길지 모를 이 거대한 소리가 나에게는 가슴 벅찬 '감동의 소리'이다. 이 소리를 듣고 있는 것만으로도 나는 가슴이 부풀고 어서 비행을 하고 싶다는 생각에 가슴이 설렌다. 이쯤 되면 감히 '파일럿이라는 직업은 나의 천직이다.'라고 말해도 되지 않을까?

그렇다. 파일럿은 나의 천직이다. 비행하는 것이 내 취미이자 일이 되었다.

파일럿이라는 직업은 늘 나를 약간의 긴장 속에 살게 한다. 끊임없이 도전하게 만들고 체력 유지와 같은 자기 관리를 하도록 만든다. 또 계속해서 공부하도록 동기를 부여한다.

나는 이런 천직을 찾고 얻기까지 먼 길을 돌고 돌아서 늦게 도착했다. 보통 한국에서 파일럿이 되려면, 군복무를 마치고 항공사에 입사한 후 조종훈련생 과정을 거쳐 신입 부기장으로 일하게 되므로 대개 27세 전후에 시작한다. 군대를 가지 않는 중국 파일럿의 경우에는 평균 25세 이전에 파일럿의 길을 걷는다.

그에 반해 나는 만 스물아홉 살에 파일럿을 꿈꾸기 시작했고 본격적으로 비행 공부에 전념하게 되었을 때는 이미 만 서른세 살이었다. 그 당시 내 목표는 소박하게도 만 35세가 되기 전에 항공사에 부기장으로 입사하는 것이었다.

나는 파일럿의 꿈을 이루기까지 회사를 여러 번 옮겼고 매번 다른 분야에서 일을 했다. 그리고 목표했던 대로 만 서른다섯 살이 되던 해에 스스로 '천직'이라 부르는 파일럿이라는 직업에 안착하게 되었다. 그것이 벌써 12년 전의 일이다. 비행으로 치자면 나는 출발이 한참 지연되어 늦게 출발한 비행기와 같았다.

때로는 늦었다고 생각할 때가 가장 빠른 길

비행을 하다 보면 종종 이륙이 지연될 때가 있다. 악천후와 같은 기상이 원인일 수도 있고, 항공 교통량이 포화 상태여서일 수도 있으며, 드물긴 하지만 어떤 경우에는 탑승수속까지 마친 승객이 나타나지 않아서일 수도 있다. 비행기를 자주 타는 사람이라면 공항에서 탑승 방송으로 이름을 불려본 경험이 한 번쯤은 있을 것이다. '짐도 실었는데 설마 떼어놓고 가겠어?'라고 생각할 수도 있겠지만 진짜 떼어놓고 출발하므로 주의해야 한다.

미리 정해진 비행기의 출발시간을 항공 용어로 '슬롯slot'이라고 하는데, 슬롯을 놓치게 되어 제시간에 출발하지 못하면 다시 새로운 출발시간을 허가받을 때까지 대책 없이 기다려야 한다. 이때 기장들은 얼마나 오래 기다려야 하는지 모르는 상황에서 계속 긴장하고 있어야 하므로 심적인 압박감을 갖게 된다. 그래서 출발시간이 되어 마지막 방송을 해도 승객이 나타나지 않는 경우, 이미 화물칸에 실린 그 승객의 짐을 찾아서 내려놓는 한이 있더라도 출발하는 경우가 종종 생긴다. 내 중국 친구가 겪은 일도 바로 그런 경우에 속했다.

몇 년 전 하이난海南, 중국 대륙의 남쪽에 있는 섬(해남도) 산야三亞행 비행이 있던 어느 날 아침, 친구가 다급하게 전화를 걸어왔다. 원래 타려던 하이난 산야행 아침 비행기를 놓쳤는데 그다음 비행기를 타려면 앞으로 5시간을 기다려야 한다며 공항에서 발을 동동 구르고 있다는 것이었다.

맘이 한껏 상해 있는 친구를 두고 여유롭게 웃을 수는 없었기에 그런 일은 적지 않게 벌어지는 일이라며 일단 친구를 위로했다. 그러고는 마침 오후에 출발하는 내 비행기의 목적지가 네 목적지와 같으니 조금 늦더라도 나와 함께 가자고 안심시켰다. 그런데 아이러니하게도 우리는 그녀가 놓친 비행기보다 더 빨리 하이난 섬 산야에 도착해버렸다!

사실 그날은 하이난 섬이 태풍의 영향권 아래 있어서 착륙 시 기상 상태가 많이 걱정스러운 날이었다. 물론 비행기가 목적지에 도착할 무렵이면 태풍이 지나갔을 수도 있고, 비행기가 도착해서 착륙하는 순간은 몇 분 남짓이기 때문에 문제가 없을 수도 있다. 그래서 태풍의 영향에서 벗어날 가능성이 있는 경우로 판단되면 목적지가 태풍의 영향권에 있더라도 대개는 정상적으로 이륙한다. 설령 목적지 가까이 도착했을 때도 태풍의 영향권에서 벗어나지 못할 수도 있지만, 그럴 때는 기상 상태를 확인하며 속도를 줄여 운항하거나, 목적지 근처의 상공에서 선회비행을 하면서 착륙할 수 있는 순간을 기다리거나, 최악의 경우 근처의 다른 공항으로 회항하면 되기 때문에 출발지에서 이륙을 미루는 경우는 거의 드문 편이다. 내 친구가 놓친 비행기도 그랬다.

그날 우리는 원래 예정대로라면 친구가 놓친 아침 비행기가 산야에 도착할 무렵에야 이륙했다. 그런데 운항하면서 목적지의 기상 상태를

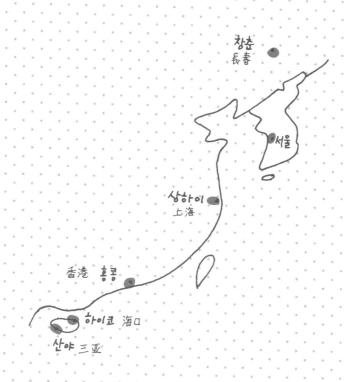

창춘
長春

서울

상하이
上海

香港 홍콩

하이코 海口

산야 三亚

체크하다 보니 앞서 출발한 비행기들이 태풍 때문에 목적지에 정상 착륙을 하지 못하고 근처의 하이코海口, 해구라는 도시로 회항했다는 소식을 듣게 되었다. 그 비행기들 가운데 내 친구가 놓쳤다는 산야행 아침 비행기도 끼어 있었다.

다행히 우리가 산야에 도착했을 무렵에는 태풍이 지나간 직후여서 예정된 도착시간에 안전하게 착륙할 수 있었고, 결과적으로 우리는 친구가 놓쳤던 아침 비행기보다 일찍 도착한 셈이 되어버렸다. 친구는 짐과 함께 홀로 공항에 남겨졌을 때의 상황을 돌이켜보며 당황스럽고, 초조하고, 불안하고, 조바심이 났지만 금방 진정하고 나를 떠올렸던 자신이 대견스럽다고 했다.

탑승수속까지 마친 상태에서 딴청을 피우다가 비행기를 놓치는 실수를 저질러서는 안 되겠지만, 이미 비행기를 놓쳐버렸다면 아무리 화를 내고 발을 동동 굴러봐야 아무 소용이 없다. 떠나간 비행기는 돌아오지 않는 법이다.

그럴 경우 차라리 침착하고 냉정하게 다른 비행기 편은 없는지, 직항이 없으면 돌아가는 비행기 편이라도 알아보는 게 현명하다. 이리저리 알아보느라 진을 뺄 수도 있고 금전적으로 조금 손해를 볼 수 있겠지만, 그 자리에 주저앉아 과거의 실수를 되씹어봐야 바뀌는 것은 하나도 없다.

우리는 미래를 예상할 수만 있을 뿐, 언제 어떤 일이 어떻게 발생할지 실제로는 알 수 없다. 적당한 시기를 놓쳤다는 생각에 조바심이 나고 이미 늦은 나이라는 생각에 새로운 시도가 망설여지고 미래에 닥칠 것 같은 태풍이 두려운 것이라면, 어느 정도의 착륙 가능성을 믿고 이륙하는 비행기처럼 우리도 자신의 꿈에 믿음을 갖고 이륙해야 한다. 설령 선회비행을 해야 할지도 모르고 회항을 해야 할지도 모르지만 말이다. 어쩌면 막상 그 미래에 도착했을 때 당신은 그곳에 제일 먼저 도착한 사람일 수 있다.

내가 걸어온 비행의 꿈

미국 대사관저에서 비서를 하던 시절, 오산 미 공군부대 안에 있는 에어로클럽aeroclub에서 비행 공부를 하고 싶다고 대사님 부부께 말씀드렸을 때, 두 분은 기대했던 것보다 훨씬 긍정적으로 내 꿈을 들어주시고 적극적인 지지로 답을 주셨다. 다만 한 가지 조건을 말씀하셨다.

"앤지, 네가 비행 공부를 해보고 싶다는 것, 파일럿이 되고 싶다는 생각은 참 용기 있고 멋진 일이라고 생각해. 하지만 먼저 약속을 해주렴. 내가 한국에서 대사로 있는 3년 동안에는 절대로 내 비서 일을 그만두지 않겠다는 약속!"

나를 어여삐 여기셨던 대사님은 내가 비행 공부를 하다가 항공사에 가고 싶다는 이유로 비서직을 그만둔다고 할까 봐 끝내 그 약속을 받아내셨다. 하지만 당시 내 나이는 만으로 서른을 넘겼고, 그 나이면 한국의 항공사에서는 몇 년차의 부기장 경력을 가지고 있을 나이였다. 그래서 나는 대사님과 철석같이 약속했음에도 불구하고 시도 때도 없이 '지금 비행 공부를 시작해서 어느 세월에 항공사에 들어가나?', '한 살이라도 어릴 때 미국에 가서 전문 파일럿 과정을 마쳐야 하는 것은 아닐까?' 하며 불안해했다.

그때마다 나를 붙잡았던 것은 세 가지였다. 대사님 부부 두 분이 나에게 너무나 소중했다는 것이고, 소중한 분들과의 약속을 저버릴 수 없었다는 것이며, 또 미국에 가서 공부를 할 만큼 충분한 돈이 모아지지 않았다는 것이다.

비서 일을 하던 3년 동안 나는 미국 각지에 있는 항공학교 정보들을 스크랩했고, 미국에 갈 기회가 있을 때마다 한 군데씩 직접 방문해서 학교 투어를 하기도 했다. 그렇게 충분한 시간을 두고 하나씩 따져봤기에 교육의 질이나 학교의 명성, 졸업 후 진로에 미치는 영향 등 모든 면에서 최고의 선택을 할 수 있었다고 자부한다. 비록 그 학교를 선택할 때는 잘 모르고 한 일이긴 하지만, 어쨌든 내가 선택한 미국의 그 항공학교는 중국에서 인정하는 몇 안 되는 항공학교였던 것이 사실이다.

결국 나는 대사님이 3년간의 주한 미국 대사 임무를 훌륭히 마치고 미국으로 귀국하실 때까지 유학 자금을 모으고 미국 항공학교 입학 준

비를 차근차근 해나갔다. 그리고 새로 부임해오는 대사님을 위한 후임 비서를 채용하고 인수인계까지 마친 후 그동안 목표로 삼았던 플로리다에 있는 항공학교로 떠났다. 그때 내 나이 만 서른세 살이었다. 한국에서 일반적인 항공사 파일럿과 비교하면 그 나이에 비행 공부를 하러 미국에 가겠다는 것은 늦어도 한참 늦은 출발이었다.

그러나 나는 이에 굴하지 않고 1년간 미국 항공학교에 다니면서 비행 공부를 했고, 파일럿 자격의 필요조건인 비행경력을 쌓기 위해 미국을 떠나 중국 항공학교에서 비행교관으로 일했다. 어찌 보면 또 한 번 정상적인 길을 가지 않고 먼 길을 돌아가는 것처럼 보였기에, 그런 나를 보며 미국 친구들은 안타깝게 여기기도 하고 말리기도 했다.

하지만 2006년 미국 경제가 나빠지기 시작하면서 정상적인 길을 선택했던 미국의 친구들과 나의 미래는 정반대가 되었다. 돌고 돌아 늦은 길이라고 생각했던 나의 미래는 중국 항공업계의 급속한 발전과 더불어 부러움의 대상이 된 반면, 미국 친구들은 취업할 곳을 찾아 중국에 자리가 있는지 알아보는 상황이 연출된 것이다.

조금 늦게 출발하더라도, 남들과는 조금 다른 길로 돌아가더라도, 침착하게 방법을 찾고, 찾은 방법을 잘 실행하면 결국은 목적지에 도착하게 된다. 그것도 생각했던 것보다 더 빨리.

미래를 예측할 수는 있지만, 아무도 단정 지을 수는 없다. 늦게 시작했다고 해서 꿈을 이룰 수 없거나 다른 사람에게 뒤지는 것이 아니다.

미래를 단정 지을 수 있는 사람은 아무도 없다. 그러므로 "늦었다! 안 된다!"고 말하지 마라. 듣지도 마라.

준비

★

보이지 않는 것, 손에 잡히지 않는 것을 막연하게 기다
리고, 그것이 꼭 이루어질 거라고 굳게 믿기는 쉽지 않
다. 그래서 나는 기다리는 시간 동안 미리 준비를 하
며 보냈다. 준비가 되어 있으면 기회가 왔을 때 자신
있게 도전할 수 있다. 준비는 두려움을 막아주는 예방
책이며 어려움에서 건져주는 해결책이다.

준비는 최고의
예방책과 해결책

중고등학교 시절 수학 시간. 예습이라도 해온 날이면 선생님이 칠판 앞에 나가 문제를 풀어보라고 시켜도 전혀 긴장되지 않았다. 오히려 반 아이들이 다 보는 앞에 나가 자랑스럽게 문제를 풀고 싶어 고개를 빳빳이 들고 선생님과 시선이 마주치길 기다렸다. 반대로 예습은커녕 지난 수업 시간에 무엇을 배웠는지 기억조차 나지 않는 날이면 혹시라도 선생님과 눈이 마주칠까 두려워 고개를 푹 숙이고 책을 들여다보는 시늉을 했다. 그래도 그날의 날짜와 내 번호와 맞아떨어져서 '나를 시키면 어쩌나.' 하는 걱정에 가슴이 조마조마했던 것 같다. 준비가 되어 있지 않았기에 기회가 오는 것이 두려웠던 것이다.

호텔리어가 되기 위한 준비

1997년 봄, 나는 호텔에서 일하고 싶어서 채용 공고도 나지 않았는데 서울 시내의 모든 특급 호텔에 무작정 이력서를 써서 보냈다. 지금은 채용 계획이 없지만 나중에 필요하면 연락을 주겠다고 한 곳이 한 군데 있었을 뿐, 나머지 호텔은 아예 아무런 답도 주지 않았다.

호텔에 취직하고 싶었지만 그게 여의치 않게 되자, 우선 일본 신용카드 회사의 고객서비스 담당 부서에서 계약직으로 일하기 시작했다. 거기서 내가 맡았던 업무는 그 카드사의 신용카드를 소지하고 한국으로 여행 온 일본 고객들이 카드를 사용하는 데 불편함이 없도록 도와주는 일이었다. 예를 들면 호텔 예약을 해주거나 항공권을 구매해주거나 레스토랑 또는 그밖의 서비스 업종에 예약을 대행해주는 일이었다. 쉽게 말해 카드를 쓰도록 유도하는 일이었다. 또 카드를 분실했을 때 분실 신고 처리를 해주고 임시 카드를 발급해주는 일, 임시로 사용 한도액을 증액해주는 일도 맡아 했다.

그러다 보니 아침에 출근해서 퇴근할 때까지 한국어보다 일본어를 더 많이 사용하게 되었다. 온종일 일본인 고객들의 전화를 받거나 방문 고객들을 상대해야 했기 때문이다. 그래서 일본어는 제법 자신이 있었다.

하지만 호텔에서 일하려면 일본어보다는 영어를 잘해야 한다. 그리고 영어를 잘한다고 말할 수 있으려면 그것을 증명할 성적표가 필요하다. 그래서 회사에 출근하기 전에 토익 수업을 듣기 시작했다. 그때가 한겨울이었는데, 아침 7시 수업이라서 학원에 가려면 집에서 깜깜할 때 나와야 했다. 버스는 사람이 없어 한산했고 온기가 없어 싸늘하기만 했다.

아침 7시부터 1시간 동안 영어 수업을 들으면 출근할 때까지 1시간이 남는다. 그래서 나는 늘 아침 8시에 문을 여는 영어학원 옆 커피숍에 첫 번째 손님으로 들어갔다. 그러고는 커피와 토스트로 이루어진 아침 세트 메뉴를 주문해 출근하기 전까지 그날 배운 것들을 복습하곤 했다.

어떤 날은 커피숍 앞에서 얼마 동안 기다리다가 직원과 함께 들어가기도 했다. 아무리 아침 8시에 문을 여는 가게라 해도 때로는 조금 늦게 열곤 했기 때문이다.

사실 그때는 그게 좀 창피했다. 요즘이야 커피 문화가 발달해서 아침 출근 시간에 맞추어 일찍 문을 연 카페들이 즐비하지만, 당시만 해도 아침밥은 집에서 먹는 게 상식이었고 기껏해야 출근길 지하철역 입구에서 김밥이나 토스트를 사다 먹는 수준이었다. 오래 기다리지는 않았지만 추운 겨울 밖에 혼자 서 있다가 함께 들어가는 나를 그 직원은 왠지 안쓰럽게 보는 것 같았고, 빈 커피숍에 손님이라고는 나 혼자만 앉아 있는 것도 좀 머쓱했다. 그래서 더더욱 고개를 푹 숙이고 공부하는 척 했다. 딴청을 피울 수 없으니까 복습을 더 잘 할 수 있었던 것인지도 모른다.

　그렇게 공부하면서 토익 성적표가 생겼을 때, 마침 서울 힐튼호텔에서 일본어와 영어를 함께 구사할 수 있는 직원을 모집한다는 소식이 들려왔다. 나는 그 길로 지원했고 서류심사에 통과해 면접을 보았다. 오전 2시간 동안 영어 모의 토익 시험을 보고, 이어서 2시간 동안 일본어 모의 JPT 시험을 봤다. 점심을 먹고 오후에는 네 명의 면접관 앞에서 영어, 일본어, 한국어 3개 국어로 그룹 면접을 봤다. 그렇게 해서 나는 바라고 바라던 호텔리어가 되었다. 서울 시내 모든 특급 호텔에 이력서를 돌린 지 꼭 1년 만에 이룬 꿈이었다.

끝이 없는 공부

　호텔에서 일하면서 일본어만큼은 내가 제일 잘한다는 우쭐함이 있었다. 하지만 영어는? 대부분 유학파였던 다른 직원들보다 부족했던 게 사실이다. 더군다나 미국 대사관으로 직장을 바꾸고 싶어졌을 때는 영어 공부의 필요성이 더욱 절실하게 다가왔다. 미국 대사관에서 일하려면 호텔에서 일하는 정도의 영어로는 부족할 테니 말이다. 그래서 호텔에 들어가기 위해 새벽에 영어학원에 다녔던 것처럼 다시 영어 공부를 하기로 결심했다.

당시는 지금처럼 인터넷으로 어학 공부를 할 수 있는 시대가 아니었다. 그래서 서점에 들러 영어 테이프가 들어 있는 모의 토익책 열 권 세트를 샀다. 그러고는 매일 퇴근 후 1시간씩 학원에서 모의 토익 시험을 풀던 방식 그대로 집에서 공부를 했다. 토익 성적표의 점수가 조금씩 올라갔다. 몇 번의 면접에서 떨어지기는 했지만 나는 결국 미국 대사관에서 대사 비서직으로 일할 수 있는 기회를 내 것으로 만들고 말았다.

입시 미술 준비

고등학교 때 입시 미술 학원에 다니면서 산업디자인학과에 진학할 준비를 했다. 내가 진학했던 대학교의 1991년도 미술대학 입시제도는 학력고사 40퍼센트, 실기 40퍼센트, 내신 20퍼센트로 성적을 합산했다. 실기시험이 차지하는 비중이 비교적 큰 편이었다.

실기시험은 '데생'이라는 석고상 연필 소묘와 '구성'이라는 그림 그리기로 나뉘어 있었다. 데생은 연필 선에 들어가는 힘의 강약 조절에 따라 산만해 보일 수도 있고 안정되어 보일 수도 있기 때문에 그림만 봐도 얼마나 연습했는지 금방 티가 난다. 그에 비해 구성은 포스터물감으로 주제에 맞는 그림을 그리는 것이라서 비교적 짧은 시간만 배워도 색감이 있거나 아이디어가 좋으면 쉽게 따라잡을 수 있다.

입시 미술 공부를 비교적 늦게 시작한 나는 데생보다는 구성을 좋아했다. 데생은 늘 어딘가 '이게 아닌데…' 하는 아쉬움이 남았지만 구성은 완성도도 높은 편이었고 내 스스로 만족감도 느낄 수 있었기 때문이다. 그래서 나는 의도치 않게 구성에 시간을 더 많이 할애해 연습하고 데생은 자꾸만 옆으로 밀어놓곤 했다.

대학입시가 석 달쯤 남았으려나? 각 대학교마다 실기 시험 전형이 발표되었다. 입학하고 싶은 대학을 정하고 그 학교의 실기 시험 전형에 맞춰 좀 더 세심하게 실기시험을 준비해야 했다. 내가 가고 싶은 대학의 입시전형에 따르면 데생 시험은 아그리파, 줄리앙, 비너스 상 중에서 한 가지가 나올 거라 했고, 구성 시험은 8절 크기의 종이에 검정색, 흰색, 파란색, 빨간색, 노란색 다섯 가지 물감을 이용해서 그림을 그리는 것이었다. 보통 데생을 연습하는 석고상은 수십 가지가 넘고, 구성은 4절지 종이에 색깔에 제한을 두지 않고 그린다.

비록 세 가지 석고상만 연습하면 됐지만 데생은 취약했던 부분이었고, 더군다나 줄리앙은 꼬부랑 머리카락이 복잡해서 제일 그리기 싫어하던 석고상이었다. 시험에 출제될 수도 있으니 연습을 해야 했지만, '설마 줄리앙이 시험에 나오겠어?' 하고 요행을 바라는 마음도 있어서 걱정만 할 뿐 연습은 그다지 하지 않고 있었다.

그러다가 입학시험이 일주일 앞으로 다가왔을 때, 데생에 대해 얘기해도 듣는 둥 마는 둥 하는 나를 보다 못한 미술 선생님이 예언처럼 한

마디하셨다.

"은정아, 선생님이 경험해보니까 입시에서는 제일 싫어하는 석고상이 출제되더라!"

저주처럼 들렸다. 저주를 들은 이상 정말 줄리앙 석고상이 시험에 나올 것만 같아 마음이 급해졌다. 그날부터 줄기차게 줄리앙을 그리기 시작했다. 왼쪽에 앉아서도 그리고, 가운데 앉아서도 그리고, 오른쪽에 앉아서도 그리고….

시험장에서 앉을 자리를 미리 찍어놓을 수는 없는 노릇이니 어느 위치에 앉아 어떤 빛의 방향에서든 그릴 수 있도록 다양하게 연습해야 했다. 얼마나 그렸던지 눈을 감고 빈 종이에 끄적끄적 전날 그렸던 줄리앙을 그릴 수 있을 만큼 머릿속에, 가슴속에 확실하게 새겨넣었다.

드디어 대학 입시 시험날. '어떤 석고상이 출제될까?' 하고 궁금해하며 시험장에 들어가는 순간 나는 내 눈을 믿을 수 없었다. 내 이젤이 놓여 있는 위치가 바로 어젯밤에 연습했던 바로 그 위치였다. 빛의 각도도 똑같았다. 더 중요한 것은 지난 일주일간 머릿속에 잔상이 남을 정도로 그렸던 바로 그 줄리앙 석고상이 내 눈앞에 있었다는 사실이다.

3시간이라는 제한된 시간 안에 그림을 완성하고 자리에서 일어나면서 주위를 스윽 살펴보았다. 나만큼 줄리앙을 잘 그린 사람이 없는 것 같았다. 시험장을 나오는 발걸음이 깃털처럼 가벼웠다. 준비하지 않았다면 나는 영원히 줄리앙을 미워했을지도 모른다. 시험장을 나오는 발걸음이 쇳덩이 같았을지도 모른다.

나만 피해 가지 않는 위험에 대한 준비

여객기 제트기에는 엔진이 2개 이상 탑재되어 있다. 기종에 따라서는 3~4개 있는 비행기도 있다. 하나가 고장 나면 나머지 다른 엔진으로 이착륙을 할 수 있도록 고려한 안전 설계이다. 비행을 하기 전에 비행기 정비사들은 기체에 문제가 없는지 안전 점검을 하고, 비행이 끝난 후에도 꼼꼼히 기체 결함이 발생하지 않도록 준비한다. 그러나 그렇게 만반의 준비를 하는데도 생각지 못한 곳에서 문제가 발생하거나 사고의 원인이 되는 것들이 있다.

그중 하나가 '캣CAT'이다. 비행을 하다 보면 종종 하늘에서 만나는 현상이다. 캣은 '고양이'가 아니라 'Clear Air Turbulence'의 약자이다. 말 그대로 '맑은 공기의 기류 변화'를 말하는 것이다. 사실 캣은 육안으로는 보이지 않거니와 캣을 감지할 수 있는 기계장치도 비행기에 탑재되어 있지 않다. 그래서 일기도에서 바람의 방향이나 세기를 보고 '캣을 만날 수도 있겠구나.' 하고 예측만 할 뿐이다. 즉 어디에서 얼마나 강하고 위험한 캣을 만날지는 정확하게 알 수 없다.

그래서 파일럿이나 승무원이 비행기가 순항고도에서 부드럽게 잘 날고 있는데도 "좌석에 앉아 계실 때는 좌석 벨트를 꼭 매주십시오." 하고 수시로 방송하는 것이다. 언제 만나게 될지 모를 '고양이'에게 할큄당하지 않으려면 귀찮고 답답해도 좌석 벨트를 단단히 매고 있어야 한다.

처음 오산 미 공군부대의 에어로클럽에서 비행기를 배우던 2002년, 거기서 타던 교육용 비행기는 엔진이 하나짜리인 프로펠러 비행기였다. 시험관 선생님은 기회가 될 때마다 "은정아, 비행을 할 때는 '만약에…'라는 생각을 늘 가져야 한다. 만약 엔진이 고장 났다면 어디에 비상착륙을 해야 할까 하는 준비를 늘 하고 다녀야 하는 거야."라고 말씀하셨다.

위험은 나만 피해 다니지 않는다. 위험은 누구에게나 발생할 수 있다. 그래서 나는 만에 하나 내가 운항하는 비행기에 위험이 닥쳤을 때 어떻게 대처할 것인가를 늘 머릿속에 담고 있다. 이미 다 알고 있던 것이라면 어려울 게 없다. 아무도 미리 알 수 없는 미래, 불안한 미래를 대비하기 위해 최고의 예방책이자 해결책으로 '준비'를 하는 것이다.

종이 한 장의 준비가 준 강렬한 인상

중국 항공사에서 일하던 당시 중국의 윈난성雲南省, 운남성 쿤밍昆明, 곤명이라는 곳으로 비행 갔을 때의 일이다. 쿤밍으로 가는 도중에 회사에서 전문이 왔다. 쿤밍에서 상하이로 돌아가는 내 비행기에 당시 내가 소속되어 있던 회사 그룹 회장님이 손님 몇 분을 모시고 탈 예정이니 좀 더 신경 써서 비행해달라는 메시지였다.

2007년 9월, 그러니까 만 12년 전 내가 그 항공사에 입사하기로 결정된 후, 회장님을 비롯해 많은 직원들 앞에서 첫 선을 보이던 때가 생각난다. 회사 창립 1주년 기념일이었는데, 사실 나는 그보다 열흘 뒤에 입사하기로 예정되어 있던 터라 그 자리에 갈 필요가 없었다.

그런데 창립 기념일을 며칠 앞두고 회사에서 1주년 기념행사에 참석해달라는 전화가 왔다. 입사하지도 않은 직원을 부르다니 어쩌면 단상 위로 불러 인사를 시킬지도 모르겠다는 생각이 퍼뜩 들었다. 그런데 당시 나는 중국어가 아주 많이 서툴러서 고작해야 "니하오, 씨에씨에." 정도밖에 할 줄 몰랐다. 때문에 회사 동료들에게 내가 그들과 함께 일할 준비가 되어 있는 사람이라는 첫인상을 주려면 무언가 해야만 한다고 생각했다. 이대로는 그저 '외국인'이라는 느낌밖에 줄 수 없을 것 같았다. 그래도 명색이 회사의 첫 번째 여자 조종사인데, 그들이 나를 다른 나라 사람이라며 거리감을 갖게 하고 싶지는 않았던 것이다.

그들과 얼마나 소통하고 싶은지, 그들에게 얼마나 다가가고 싶은지, 그들과 한마음이 되어서 한 가족으로 일하고 싶다는 것을 보여주고 싶었다. 그런 인상을 남기고 그런 마음으로 그들을 가까이 하는 것이 내가 앞으로 회사에서 성장해나갈 수 있는 발판이 되리라고 믿었다. 그러려면 단상에 올랐을 때 한국어나 영어로 인사말을 하는 것보다 서툴더라도 중국어로 인사를 하는 편이 낫겠다 싶었다. 그런 생각이 들자마자 서툰 중국어로 인사말과 앞으로의 포부를 써내려갔다. 중고등학교 때처럼 준비되지 않은 채로 고개를 푹 숙이고 선생님과 눈이 마주칠까 봐 두려워하던 학생이 되고 싶진 않았던 것이다.

다행히 내게는 중국어 선생님이 있었다. 2007년 당시 내가 항공학교 비행교관을 하고 있던 네이멍구內蒙古, 내몽고의 바오터우包頭, 포두는 큰 국제도시가 아니어서 외국인을 위한 중국어학원도 선생님도 거의 없었으나, 우연히 중국의 초등학교에서 중국어를 가르치는 선생님을 소개받아 일주일에 두 번씩 과외를 받았다. 그 선생님은 영어를 할 줄 모르는데다 외국인에게 중국어를 가르치는 것도 처음이어서 수업 초기에는 우리 둘 다 무척 애를 먹었다. 내가 중국 초등학교 1학년 교과서도 어려워하자 선생님은 다른 방법으로 중국어 공부를 하자고 하셨다. 가르치는 선생님도 배우는 나도 어떤 정해진 순서도 체계도 없이 무조건 생각나는 대로 말을 가르치고 배우고 했던 것 같다.

창립 1주년 기념일에 맞추어 쓴 인사말을 중국어 선생님께 보여드리고 고쳐달라고 했다. 단상에 올라가면 떨려서 말이 나오지 않을 것 같아 감수받은 글을 무조건 달달달 외웠다. 그렇게 준비한 후 창립 기념일 행사장으로 향했다.

역시, 나의 예상은 빗나가지 않았다. 단상으로 올라오라고 했다. 준비를 안 했으면 어쩔 뻔했는지 살짝 숨을 내쉬고 가슴을 쓸어내렸다. 나는 여유 있게 그룹 회장님을 비롯해 중국 항공 관련 정부의 주요 인사들이 주시하는 단상으로 걸어 올라갔다. 그러고는 준비한 인사말을 건넸다. 발음은 좀 서툴렀을지 모르지만 모두들 내 진심을 알아주는 듯했다. 나를 채용하기로 결정한 치프 파일럿chief pilot은 내가 단상에서 내려오자 여기저기 데리고 다니면서 모든 이들에게 인사를 시켜주셨다.

"얘가 우리 회사 첫 여자 조종사야! 내가 뽑았어! 어때? 중국어 잘하지?"

나를 채용한 것을 자랑스러워하며 하시는 말씀에 나마저도 뿌듯했다.

그룹 회장님과 회장님의 손님을 모시고 쿤밍에서 상하이로 돌아오는 도중 순항고도에 올랐을 때 나는 잠시 비행기 객실로 나왔다. 회장님은 나를 보자마자 자랑스럽게 일행에게 인사를 시켰다.

"이 사람이 우리 회사 첫 여자 파일럿이에요. 한국인인데 중국어도 아주 잘해요. 우리 항공사 마스코트예요. 허허허…."

상하이 공항에 도착했다. 비행기를 파킹하고 엔진을 끄고 나자 승객들이 천천히 내리기 시작했다. 조종실 창문으로 내다보니 회장님 일행이 비행기 메커닉mechanic, 항공기 기술공들과 잠시 이야기를 나누고 계셨다. 승객이 다 내리고 난 뒤 나도 퇴근하기 위해 비행기에서 내렸다. 그런데 아직까지도 회장님이 거기에 있었다.

"중국어만 잘하는 줄 알았더니 착륙도 부드럽게 잘하네. 잘 뽑았어!

9/25/2007

大家好。 我叫赵思净。我是韩国人。

我很高兴认识你们。我很喜欢吃中国菜。

我的中文不太好。但是我继续努力学中文。

我很感谢吉祥航空给我了机会飞大飞机。

为了我们自己还有我们的公司，大家我们一起努力吧。

谢谢。

앞으로도 계속 잘해줘요."

창립 기념일에 혹시나 싶어 준비한 종이 한 장의 인사말이 나를 그들에게 중국어 잘하는 한국인 조종사로, 그들과 함께하기 위해 노력하는 동료로 강한 인상을 남긴 것이다. '나비효과'라는 말처럼, 준비라는 것은 그런 게 아닐까 싶다. 별것 아닌 것 같지만 그 작은 준비가 가져올 수 있는 결과는 어쩌면 당신이 기대하고 예상하는 것보다 훨씬 더 큰 것일 수 있다.

보이지 않는 것, 손에 잡히지 않는 것을 막연하게 기다리고, 그것이 꼭 이루어질 거라고 믿기는 쉽지 않다. 그래서 나는 기다리는 시간 동안 미리 준비를 하며 보냈다. 준비가 되어 있으면 기회가 왔을 때 자신 있게 도전할 수 있다. 어떤 기회가 오더라도 받아들일 준비가 되어 있지 않으면 그 기회는 그저 지나가는 바람이 되고 만다.

준비는 두려움을 막아주는 예방책이며 어려움에서 건져주는 해결책이다. 그리고 기회를 가져다주는 행운이다.

나에게 맞는
신발을 신자

　　　　　　　　조종사가 되기 전 나의 직업은 주한 미국 대사관저의 비서였다. 그때 미국 대사의 비서를 할 수 있었던 가장 큰 힘은 영어 실력이었다. 영어를 못했다면 아마 그 일을 할 엄두도 내지 못했을 거다. 여객기 조종사를 하는 지금도 교신을 포함한 모든 업무가 영어로 이루어진다. 항공 매뉴얼에서부터 시뮬레이터 교육자료, 항공교육 책들 모두가 영어로 되어 있다. 돌이켜보면 지금 내가 조종사를 할 수 있게 된 이유는 뭐니 뭐니 해도 영어 실력이 바탕이 되었기 때문이었다.

　'어떻게 하면 영어를 잘할 수 있느냐', '어떤 방법으로 공부해야 하느냐' 같은 질문을 많이 받는다. 해외를 돌아다니면서 살아보니 사실 언어는 그 나라에 가서 살면서 배우는 게 최고다. 그 나라의 말을 하지 않고서는 도저히 생활할 수 없을 때, 어쩔 수 없이 그 나라 말을 듣고 말하기 위해 노력하게 된다. 자연스럽게 언어 구사력이 향상되는 것이다. 모국어라도 오랫동안 쓰지 않으면 표현이나 발음이 서툴러지는 게 바로 언어다.

사실 내가 영어를 잘할 수 있었던 비결은 보통의 학생들과 조금 다른 영어 공부 방법 때문이다. 나 또한 알파벳을 시작으로 영어를 배우기 시작했던 중학교 1학년 때는 새로운 것에 대한 호기심에 영어를 무척이나 좋아했다. 하지만 알아야 할 단어가 조금씩 늘고 문법이 어려워지면서 또래의 다른 친구들과 마찬가지로 영어는 어려운 숙제가 되어버렸다.

88 서울올림픽과 영어

서울에서 88올림픽이 열렸던 그해에 나는 고등학교 1학년이었다. 어느 대학을 갈 것인가, 무슨 전공을 할 것인가, 어떻게 하면 성적을 올릴 것인가를 걱정해야 할 때였다. 그러나 나는 어느 학생 잡지에 게재된 국제 펜팔 광고를 우연히 본 후 국제펜팔협회에 가입해버렸다. 그러고는 진로 걱정은 뒤로 한 채 해외 친구 사귀기에 온 관심을 쏟았다.

영어 실력이 그다지 좋진 않았지만 나는 펜팔협회에서 준 소책자를 보고 자기소개글이나 내용을 베껴 미국에 있는 모르는 사람에게 편지를 보내곤 했다. 그러나 편지를 받았는지 못 받았는지 답장이 없는 게 대부분이었고, 가끔 답장이 온다 해도 그들이 쓴 영문 필기체는 읽기도 힘들었을 뿐더러 해석도 어려웠다. 게다가 나도 더 이상 어떻게 말을 이 어나가야 할지 몰라서 결국은 자기소개만 하고 끝나기 일쑤였다.

그렇게 국제 펜팔에 대한 기대와 실망을 동시에 느끼며 고등학교 1학년 여름방학을 마칠 무렵 88 서울올림픽이 시작되었다. 경기도 이천 에 있던 우리 학교는 올림픽 경기에 단체 관람을 가곤 했는데, 폐막일 을 하루 앞둔 날에도 육상경기를 관람하러 선생님 한 분과 열 명 남짓 의 학생들이 갔었다. 잠실 종합운동장에서 다양한 육상경기가 열리고 있었지만 어떤 것을 봐야 할지 몰랐던 나는 수업을 빼먹고 서울에 간 것이 마냥 신나기만 했다.

그런데 갑자기 경기장 저편에서 레오나르도 디카프리오, 아니 브래 드 피트보다 잘생긴 갈색 머리 아저씨가 눈에 띄었다. 말을 걸어보고 싶었다. 가슴도 콩닥콩닥 뛰었다. 하지만 외국인과 영어로 말을 해본 적이 없던 나는 도무지 용기가 나지 않아 한참을 바라보기만 했다. 그 렇게 1시간 정도 지났을까? 나는 여전히 경기는 보는 둥 마는 둥, 이제 나저제나 '어떻게 용기를 내서 아저씨에게 말을 걸어보나?' 하는 생각뿐 이었다. 그런데 어느샌가 아저씨가 앉아 있던 자리가 텅 비어 있었다. 자리에서 벌떡 일어나 주위를 둘러보았다. 아무리 찾아봐도 아저씨가 보이지 않았다. 어찌나 아쉽던지 영어도 못하고 용기도 내지 못한 나

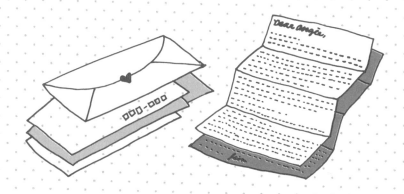

자신이 한심하다고 생각했다.

그런데 잠시 뒤 아저씨가 빼빼로 과자를 하나 사서 다시 나타났다. 나는 어찌나 기쁜지 어디를 다녀왔느냐고, 내가 얼마나 찾았는지 아느냐고 따지고 싶었다. 아마 영어만 가능했다면 그러고도 남았을 거다.

이번에는 용기를 내든, 방법을 찾든 어떻게든 말을 걸어봐야 했다. 그러다가 겨우 생각해낸 것이 함께 간 반 친구 중에 영어를 잘하는 아이를 찾아가 "저 아저씨에게 나 대신 말 좀 걸어줘!"라고 부탁하는 것이었다.

그렇게 해서 아저씨와 나는 진짜 펜팔을 시작하게 되었다. 아저씨는 미국 IT 기업의 한국 지사장으로 서울에 오신 지 몇 달 되었고, 앞으로 2년간은 서울에서 살게 될 거라고 하셨다. 매일 1시간씩 한국인 여대생에게 한국어 레슨을 받고 있다고도 했다. 몇 번의 편지를 주고받았다. 아저씨는 많이 서툰 내 영문 편지가 이해하기 힘들었는지 "나는 영어로 편지를 쓸 테니, 너는 한국어로 편지를 써줄래?" 하며 제안을 해오셨다.

반가운 제안이 아닐 수 없었다. 그때 그런 방법으로 편지를 주고받지 않았다면 나는 아마 국제 펜팔을 했을 때처럼 내 소개만 하다가 더 이상 이어갈 말을 쓰지 못하고 편지 교환을 흐지부지 끝내고 말았을 것이다.

이메일도 문자메시지도 없던 시절, 아저씨가 서울에 살고 계시던 2년간 일주일에 평균 세 통의 편지를 주고받았다. 나는 주로 학교 이야기로 시작해서 학교 이야기로 끝나는 편지를 썼고, 해외 경험이 많았던 아저씨는 가족 여행부터 미국과 한국의 문화차이에 관한 이야기까지 다양하게 편지를 써주었다.

내 주변에는 이렇게 주고받은 편지를 해석해줄 만한 친구도, 도구도 없었다. 아저씨가 보낸 영문 편지를 해석하려면 내 스스로 영어사전을 펼쳐가면서 어떻게든 이해하려고 노력해야 했다.

편지의 숫자가 늘어가면서 사전을 뒤져 단어를 찾는 속도가 빨라지기 시작했다. 사전에서 단어를 찾아도 해석이 되지 않으면 공부를 잘하는 같은 반 친구를 졸라 함께 번역하고, 그것도 시원치 않으면 영어 선생님을 찾아갔다. 선생님은 귀찮은 내색 한 번 없이 해석을 도와주었다. 이를 계기로 어렵게만 생각했던 영어 선생님과 친구처럼 가까워졌고, 선생님이 좋아지니 영어 과목도 덩달아 좋아지기 시작했다.

펜팔로 영어 공부를 시작한 지 2년, 고등학교를 졸업할 무렵 내가 가장 좋아하고 잘하는 과목은 미술과 영어가 되었다. 대학에 가서도 교양수업으로 듣던 내 영어 성적은 언제나 A+였다.

또 다른 방법으로 하는 언어 공부

중국에 있는 항공학교에서 교관을 할 때 나의 학생 중 한 명은 영어를 기가 막히게 잘했다. 발음도 좋았고 단어 실력도 좋았지만 무엇보다 나를 감탄하게 한 것은 표현력이었다. 현지인들 속에서 생활하며 배운 듯한 그의 영어 실력에 난 그 학생이 분명 해외 연수라도 다녀왔을 거라고 생각했다. 그런데 그런 나의 짐작은 완전히 틀렸다. 그 학생은 여권조차 만들어본 적이 없다는 것이다.

그 학생은 해외에 나가본 적이 없었다. 단지 미국 영화와 드라마를 좋아했고 많이 봤다고 했다. 고등학교 때는 영어 말하기 대회에도 나가고, 팝송 부르기 대회에도 나갔다고 했다. 영어와 관련된 활동을 통해 영어에 남다른 흥미를 가지게 되었던 셈이다.

지금은 바뀌었을지 모르지만 내가 중국 항공사에서 외국인 파일럿으로 일했던 6년 전만 해도 몇 가지 특이한 점이 있었다. 그중 하나가 비행할 때마다 통역사가 동행한 것이다. 통역이 필요하든 필요 없든 상관없다. 중국어와 영어 간의 의사소통 때문에 발생할 수 있는 예기치 못한 불상사를 최대한 줄이기 위해 회사 측이 마련한 방침이다.

동행하는 통역사는 늘 같은 사람이 아니다. 회사에 소속된 여러 명의 통역사가 번갈아 가면서 그때그때의 스케줄에 맞추어 비행에 동행한다. 그들 가운데 한 번도 한국에 가본 적이 없는 젊은 20대 아가씨가 있었다. 그녀는 한국 드라마를 보면서 한국어를 배우고 싶다는 바람을 갖더니, 어느 날인가부터 아이패드에 한글 배우기 앱을 깔아놓고 '가나다라'부터 쓰기 시작했다. 나로서는 무척이나 기분 좋은 일이었고,

많이 가르쳐주고 싶기도 했고, 기특하기도 했다. 하지만 사실 '저렇게 좀 하다 말겠지…!' 하는 마음이 더 커서 별로 대수롭지 않게 여겼다. 그런데 한 달 정도 지났을까? 그녀가 비행에 동행했을 때 나는 놀라지 않을 수 없었다. 유창할 만큼은 아니어도 제 스스로 '주어+목적어+동사'가 들어간 한국어 문장을 읽고 작문까지 할 수 있을 만큼 실력이 늘어 있는 게 아닌가. 그녀의 한국어 사랑, 한국어 배우기 욕심이 점점 더 커지고 있음을 여실히 느낄 수 있었다. 요즘 그녀는 회사에서나 비행에서 나를 만나면 무조건 한국어로 말을 걸어온다. 얼마나 뿌듯한지 모른다. 한국 드라마를 좋아하던 그녀. 그것이 그녀만의 공부 방법이 되었다.

영어 공부가 아니더라도, 다른 어떤 공부라 하더라도, 공부하는 방법엔 정답이 있는 게 아니다. 방법은 참으로 다양하다. 다만 우리가 깨닫지 못할 뿐이다. 사람들의 얼굴이 제각각 다른 것처럼 모두가 똑같은 방법으로 공부를 잘할 수는 없다. 영어를 처음 배울 때는 누구나 의욕에 불탄다. 그런데 모든 사람이 천편일률적으로 공부하니 흥미를 잃게 되고, 그렇게 잃은 흥미를 다시 찾기 쉽지 않은 것이다.

나에게 맞는 신발 찾기

중국 항공사에서든 한국 항공사에서든 파일럿에게 제복과 신발을 유니폼으로 제공한다. 그러나 여성 파일럿이 적다 보니 회사에서 제공하는 여성용 구두가 따로 있지 않다. 그래서 나는 알아서 제복에 어울리는 신발을 구입해야 한다. 남자들의 정장 구두 스타일과 비슷하지만 여성용으로 만들어진 구두. 굽은 높지 않아야 하고 비행하기에도 편안한 구두. 사실 그런 구두 스타일은 많이 나오지 않아 사려면 쉽지 않다.

그래서 중국에서 비행하던 초기에는 객실 승무원용으로 제공되는 구두 중에서 비교적 굽이 낮은 구두를 신어보기도 했다. 하지만 이 구두는 여자 승무원들이 얇은 스타킹을 신었을 때 적당하도록 만들어졌기 때문에 발등이 트인 디자인이다. 검은 양말을 신은 내 유니폼에는 영 어색하다. 남자 구두 중에서 가장 사이즈가 작은 구두를 신어보기도 했다. 그러나 아무리 사이즈가 작아도 남자 신발은 여전히 커서 안에 깔창을 두세 겹 넣어도 걷기에 여간 부자연스러운 게 아니었다.

그러던 중 우연히 어떤 신발 가게에 들어갔는데, 여성용으로 만들어진 남성 신사화 스타일의 구두가 있었다. 얼른 구입했다. 그 뒤로 나는 그런 구두를 볼 때마다 구두를 사는 소비벽이 생겼다.

자신에게 맞지 않는 신발을 억지로 신었을 때를 상상해보자. 아무리 좋은 가죽으로 만든 신발이라도 자신의 발보다 작다면 얼마 걷지 않아서 발꿈치가 까지고 오래 걸을 수 없을 것이다. 반대로 자신의 발보다 큰 신발이라면 자꾸만 벗겨지는 통에 제대로 걸을 수도 없고 걸음걸이도 더딜 것이다. 이 경우에도 금방 지치기는 마찬가지다.

내 발에 맞지 않는 신발은 결국 부작용이 생기기 마련이다. 발에 맞는 신발을 고르기 위해 다양한 신발을 신어보듯이, 자신이 좋아하는 것이 무엇인지 다양하게 시도해보고 각자에게 맞는 즐거운 방법을 찾는 일이 공부의 첫 단계가 아닐까?

좋아하는 것을 할 때는 누가 시키지 않아도 스스로 열심히 한다. 맘에 꼭 들고 발에 딱 맞는 신발을 신은 뒤에는 얼마든지 먼 길을 걸어갈 수 있는 것처럼 아무리 하기 싫은 영어 공부일지라도 일단 재미를 붙이면 가속도가 붙기 마련이다.

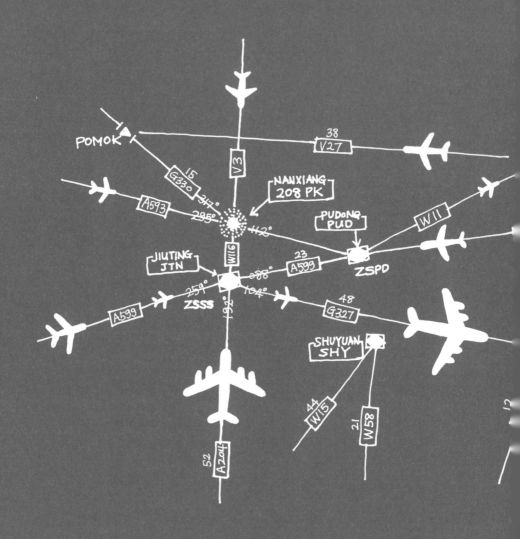

도전

★

눈에 보이는 그대로 믿는 것은 얼마나 어리석은가? 우
리에게 불가능하다고 보이는 것들은 위험한 허상에 불
과하다. 계기판을 믿고 계기판에 의지해서 냉철하게
비행하는 것처럼, 다른 사람이 할 수 있다면 나도 할
수 있다는 자신감을 가지고 내 가슴속에 강하게 새겨
놓은 목표와 계획의 계기판을 믿어야 한다.

불가능해 보이는 것은
허상일 뿐이다

앞서 말했듯 지금이나 예전이나 사람들이 흔히 하는 행동에는 상식이라는 편견이 존재한다. '남자가 하는 일, 여자가 하는 일'로 구분되는 일련의 역할 구분에도 그런 편견이 지배하고 있어, 비행기 조종사 같은 직업은 당연히 남자들이나 하는 일이라고 생각하기 쉽다.

나 또한 그랬다. 내가 서울 힐튼호텔 프런트 데스크에서 일하던 2000년 무렵만 해도 여자 파일럿이란 쉽게 볼 수 없었을 뿐더러 가끔 보는 여성 파일럿들도 남성 기장을 도와주는 부기장에 불과했다.

내 직업상 여러 항공사에서 그렇게 많은 비행기 조종사들이 투숙하는 걸 보았음에도 나 자신이 파일럿이 될 것이라는 생각은 꿈에도 하지 못했다. 그건 당연히 남자가 하는 일이니까….

하지만 그런 편견이 깨진 날, 파일럿이라는 직업은 내 가슴을 뛰게 하는 소망이 되었고 내가 이뤄야 할 꿈이 되었다. 그리고 그날은 뜻하지 않게 찾아왔다.

영화 속 한 장면처럼 등장한 여기장

2001년 3월 초의 어느 날, 그날도 나는 호텔 프런트 데스크에서 체크인 업무를 보고 있었다. 그때 금발 생머리의 여성 기장이 두 명의 남성 부기장을 뒤에 거느리고 당당하게 호텔 정문을 들어서는 것이 보였다. 그녀의 손목에서 기장임을 나타내는 네 줄의 금색 견장이 유난히 크고 빛나게 느껴졌다.

그때까지 내가 보아온 여성 부기장들은 남성 파일럿과 똑같은 유니폼을 입고, 올린 머리에 모자를 깊게 눌러 써서 저만치 멀리서 보면 남성인지 여성인지 구별이 되지 않았다. 마치 여성이 파일럿을 하려면 남성을 흉내 내야 할 수 있는 것처럼 말이다. 하지만 그녀는 달랐다.

나는 그 순간 심장이 심하게 뛰었고 설명할 수 없는 충격과 설렘으로 그 자리에서 얼음이 되고 말았다.

'아, 여성도 조종사가 될 수 있구나, 아니 기장이 될 수 있구나! 몇백 명 승객의 안전을 책임지는 한 비행기의 최고 책임자가 될 수 있구

나…!'

그녀는 그렇게 나에게 강한 인상을 남기며 나의 미래를 바꿔놓은 사람이 되었다.

그녀는 나이가 지긋해 보였다. 언뜻 보기에 대략 40대 후반이나 50대 초반 정도는 된 듯했다. 젊은 여성이 아니었기에 그녀는 나를 더 매료시켰는지도 모른다. 내 나이가 중년을 지나 그 연령이 되었을 때 나 또한 그녀와 같은 모습으로 누군가에게 강한 인상을 남길 수 있다면 좋겠다고 생각했다. 그래서 그 사람이 내가 그날 그랬던 것처럼 심장이 마구 뛰는 것을 느낄 수 있다면 정말 좋겠다는 생각을 했다.

그녀의 이름은 제니스 스킬라Janis Skilar. 미국의 '페덱스Fedex'라는 화물 특송 회사에서 20년가량 비행을 해온 기장이라고 했다. 장거리 비행에 시차까지 겪어 조금은 피곤해 보여서 그녀를 오래 붙잡고 있지는 못했다. 하지만 체크인하는 그 짧은 순간을 놓칠세라 그녀에게 어떻게 파일럿이 되었는지 물었다. 그녀는 아버지가 미 공군 조종사였고 어려서부터 미 공군부대에서 자랐기에 공군부대 안에 있는 에어로클럽에서 비행을 배울 수 있었다고 했다.

제니스 씨는 2018년 65세의 나이로 정년 퇴임 했다. 신기하게도 내가 기장으로 승진한 해에 그녀는 세계를 일터로 삼아 일할 수 있어서 좋다던 파일럿의 세계를 떠나게 되었다. 몇 년 전에 개정된 미국 항공근로법에 따라 만 60세가 넘어도 신체검사를 통과하고 본인의 의사만 있다면 만 65세까지는 파일럿으로 일할 수 있기 때문에 그녀의 바람은 어렵지 않게 이루어졌다.

18년 전 그녀를 처음 보고 그녀처럼 되고 싶다는 소망을 간직해온 것처럼 나는 오늘 또다시 소망한다. 내가 지금의 그녀 나이가 되었을 때도 늘 지금처럼 비행을 사랑하고 즐거워하면서 파일럿으로 정년 퇴임 하는 모습으로 누군가에게 나이는 숫자에 불과하다는 것을 보여줄 수 있기를 말이다.

희망을 주는 긍정의 말

제니스 스킬라 기장과 나는 아버지도 다르고 자라온 환경도 다르다. 하지만 그녀는 나와 같은 여자다. 그녀와 나 사이에 또 다른 차이가 있을까? 그녀가 할 수 있는 거라면 나도 할 수 있을지 모른다는 생각이 막연하게 들었다. 그때부터 나는 어떻게 하면 파일럿이 될 수 있는지, 어떤 길이 있는지, 무엇이 필요하고 무엇부터 시작해야 하는지 나만의 '길 찾기'를 시작했다.

파일럿이 되고 싶다며 여기저기 묻고 다니는 나에게 주변 사람들의 반응은 한결같았다. 가족도 친구도 마찬가지였다.

"파일럿? 남자들도 되기 힘들다던데, 네가 그 나이에 어떻게 하겠다는 거냐? 나이를 생각해라. 공군 사관학교 나와서도 신체 건강하고 성적 좋은 엘리트들이나 하는 거라고. 파일럿 하는 남자를 남편으로 두는 게 더 빠를걸?"

그들이 하는 이야기를 듣다 보면 파일럿이라는 직업에 도전한다는 것은 터무니없는 일만 같았다. 사실 현실적으로 생각해봐도 그건 이룰 수 없는 꿈 같아 보이긴 했다. 하지만 마음속에서 들려오는 메아리 소리가 멈추질 않았다.

'진정 파일럿이라는 직업은 나에게 드라마 속 주인공이 되는 거나 마찬가지란 말인가? 하지만 이렇게 동경만 하고 끝낼 수는 없어.'

의기소침해진 건 사실이었지만 그렇다고 포기하기에는 아쉬움이 너무 컸다. 계속해서 궁리하다가 불현듯 파일럿이라는 직업을 가장 잘 아는 사람은 현재 파일럿을 하고 있는 사람들이겠다는 생각이 들었다. 그때부터 파일럿들을 체크인하고 체크아웃시키면서 한 명씩 붙잡고 물어보기 시작했다.

"어떻게 파일럿이 되셨나요?"

"어떤 학교를 가서 어떤 과정을 거쳤나요?"

"어떤 일이 어려웠는지, 그 공부를 하기 위해서는 얼마나 돈이 들고, 시간은 얼마나 걸렸나요?"

"파일럿이 되면 얼마를 벌 수 있고 언제까지 일할 수 있나요?"

"나는 미술을 전공했고, 수학 공부도 많이 하지 않았고, 파일럿과는 거리가 먼 직업을 가졌는데 나도 할 수 있을까요?"

......

신문이나 잡지 기자가 인터뷰라도 하듯이 이것저것 반복해서 물어봤다. 어림잡아 족히 백 명 정도의 파일럿에게 물어본 듯하다.

"나도 서른이 넘어서 비행 공부를 시작했어. 네가 무슨 전공을 했든 비행학교에 가면 파일럿에게 필요한 지식은 다 가르쳐줄 거야. 잘 따라가기만 하면 너도 파일럿이 될 수 있어."

너무나 듣고 싶었던 말이었고 그런 말을 들어서 다행이었다. 내가 물어본 미국인 파일럿들은 열이면 열, 백이면 백 모두 긍정적인 답을 해주었다. 부정적으로 말하는 사람은 한 명도 없었다. 모두 나에게 힘이 되는 말을 해주었다. 그들의 긍정적인 말이 지금의 나를 만들었다고 해도 과언이 아니다. 긍정의 힘은 좌절 앞에서 갈등하던 나에게 조금씩 가능한 방향으로 인도해주었다.

파일럿이 되는 꿈을 이루기로 결심한 후, 나는 더욱더 열심히 호텔에 투숙하는 파일럿들을 찾아다니며 정보를 모았다. 처음에는 그들이 말하는 전문적인 과정이나 용어들을 알아듣지 못해 힘들었다. 하지만 그럴 때마다 그게 뭐냐고 종이에 적어달라고 했다. 그렇게 해서 모은 메모지만도 책 몇 권에 해당하는 분량이었고, 질문이 반복될수록 점차 어떤 과정을 거쳐야 파일럿이 될 수 있는지 어렴풋이 알게 되었다.

길, 찾으면 있다

지금이야 항공사가 제법 많아져서 한국에서도 파일럿 채용 전형이 다양해졌지만, 2001년 당시 한국에는 저가항공사가 없었다. K항공과 A항공 두 항공사만 있었을 뿐이다. 내 시력은 그리 나쁘지 않았지만 두 항공사의 조종훈련생을 뽑는 자격에는 조금 미치지 못했다. 그뿐 아니라 그때 내 나이가 만 29세였는지라 이미 채용 기준 나이를 훌쩍 넘은 상태였다. 내가 파일럿이 되는 길은 없는 듯했다.

그러던 중 오산에 있는 미 공군부대 안에 페덱스 여기장 스킬라가 비행을 시작했던 곳 같은 에어로클럽이 있다는 사실을 알게 되었다. 갑자기 희망이 보이는 듯해 무척이나 흥분했다. 당장이라도 비행 공부를 시작할 수 있을 것만 같은 기대감에 가슴이 벅찼다. 그러나 흥분이 채 가라앉기도 전에 나는 또 하나의 난관에 부딪혀야 했다. 미군 부대에 출입할 수 있는 출입증이 없어 입학이 안 된다는 것이었다. 또 한 번 실망감을 느껴야 했지만, 세상에 쉬운 일이 어디 있겠는가.

포기할 내가 아니었다. 출입증이 필요하면 출입증을 발급받으면 된다. 어떻게? 미군 부대 출입증은 미군 부대에서 일하는 사람, 혹은 미국 대사관에서 일하는 사람들 중 미군 부대 출입이 필요한 사람에게 발급된다. 그러므로 미군 부대나 미국 대사관에서 일을 하면 가능성이 생기는 것이다.

나는 결국 미국 대사관으로 직장을 옮겼고, 다행히 대사관에서의 임무가 대사의 비서였기 때문에 미군 부대 출입증도 발급받을 수 있었다. 그렇게 나의 첫 비행은 오산에서 시작되었다. 제니스 스킬라가 처음 비행을 배웠다는 바로 그 비행학교. 단지 장소만 다를 뿐, 그녀가 처음 파일럿 면허를 취득했다는 그 비행학교에서 나 또한 첫 조종사 면허증을 취득하게 된 것이다.

그녀가 할 수 있었던 일은, 나도 할 수 있었다. 내가 할 수 있는 일이라면 당신도 분명히 할 수 있다!

나 자신과 내 특별한 꿈을 믿자

미국에서 항공학교를 다니면서 친하게 지냈던 흑인 친구가 있다. 쉴라 찰스Sheila Charles라는 나보다 한 살 어린 여자였는데, 미국의 한 유명한 항공사에서 승무원을 하다가 파일럿이 되고 싶어서 회사를 휴직하고 항공학교에 들어왔다고 한다. 우리는 같은 아파트 단지에 살기도 했거니와 백인우월주의가 어느 정도 남아 있는 미국에서 서로 의지하며 지냈다.

내가 중국으로 떠날 때 쉴라는 나에게 명함만 한 크기의 카드를 한 장 주었다. 그 카드에는 'Keep Believing in Yourself and Your

Special Dreams'라는 제목의 시가 적혀 있었다. 중국에서 파일럿이 되기까지 이 시는 나에게 매우 큰 힘이 되어주었다. 나는 이 카드를 항상 지갑에 넣고 다니면서 힘들 때마다 꺼내 읽곤 했다.

To E·J From 'S·C

Keep Believing in yourself
and your special Dreams

Life is a journey through time
filled with many choices.
each of us will experience life
in our own special way.
So when the days come
that are filled with frustration
and unexpected responsibilities,
remember to believe in yourself
and all you want your life to be,
because the challenges and changes
will only help you to find the dreams
that are meant to come true for you.

— Deanna Beisser

나 자신과 내 특별한 꿈을 믿자

인생은 많은 선택을 가지고 시간 속을 여행하는 것.
각자 다양하고 특별하게 자신의 방법대로 여행하는 것.
예기치 못한 무거움과 고통으로 가득한 날을 지날 때는,
나 자신과 내가 소망하는 내 인생을 꼭 믿어야 하는 것.
내 꿈이 이루어지도록 나를 도와줄 유일한 그것,
그것은 오직 도전과 변화이기 때문에.

파일럿 면허 과정 중에 '계기비행instrument rating'이라는 과정이 있다. 처음에 배우고 취득하는 자가용 비행 면허는 밖을 보면서 비행하는 것이다. 그다음에 배우는 과정이 계기비행 과정인데, 말 그대로 비행기 안의 계기판을 보고 계기판에 전적으로 의지해서 비행하는 것을 말한다. 계기비행을 해야 하는 이유는 우리 인체가 가끔 눈에 보이는 것을 그대로 믿고 반응하기 때문이다. 즉 눈에 보이는 것이 허상일 수도 있고 실제와 다를 수도 있는데, 습관적으로 눈에 보이는 그대로를 믿고 때때로 실수를 하게 되어 큰 사고로 이어지기 때문이다.

예를 들면 안개가 많이 끼거나 비 오는 날 활주로에 착륙할 때, 또는 평소 익숙한 활주로보다 넓은 활주로에 착륙할 때는 비행고도가 실제

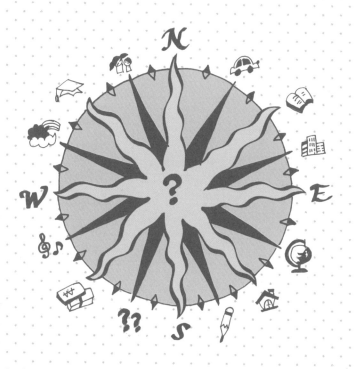

고도보다 낮다고 느껴져 필요한 고도보다 높게 착륙하려는 착각을 일으키게 된다. 또 다른 예를 들어 보면 비행 중에 구름의 모양이 비스듬하면 비행기가 수평으로 날고 있음에도 구름의 모양에 영향을 받아서 기울어져 있는 것으로 착각하게 된다. 그래서 비행기를 구름의 기울기에 맞추어 기울이다가 오히려 수평이 아닌 상태가 되어 위험에 처할 수 있다.

이런 것들을 '허상illusion'이라고 부르는데, 허상을 믿고 위험한 선택을 하거나 또는 위험한 조종을 하지 않도록 계기비행을 하는 것이다. 파일럿에게는 중요하고 필수적인 과정이다.

눈에 보이는 그대로 믿는 것은 얼마나 어리석은가? 우리에게 불가능하다고 보이는 것들은 위험한 허상에 불과하다. 계기판을 믿고 계기판에 의지해서 냉철하게 비행하는 것처럼, 다른 사람이 할 수 있다면 나도 할 수 있다는 자신감을 가지고 내 가슴속에 강하게 새겨놓은 목표와 계획의 계기판을 믿어야 한다.

짙은 안개와 구름이 낀 하늘에서도 계기판을 믿고 비행하다 보면 어느새 구름 아래로 저만치 환하게 유도등이 켜진 활주로를 만나게 된다. 아무리 힘들다고 해도, 암흑 속에 있다고 해도, 당장은 길이 보이지 않는다고 해도, 자신만의 계기판을 따라 노력으로 정진한다면 언젠가는 활주로가 펼쳐질 거라고 나는 믿는다.

변화 없이 미래는
달라지지 않는다

나는 변덕쟁이다. 식당에 가서 음식을 주문할 때나 쇼핑을 가서 물건을 고르고 나서도 다시 주문 내용을 바꾸거나 '다른 게 나은데 괜히 바꿨나?' 하는 후회를 하곤 한다.

내 장점이자 단점 중에 하나가 싫증을 잘 느낀다는 것이다. 좋게 말하면 변화를 두려워하지 않는 것이고, 나쁘게 말하면 변덕이 죽 끓듯 하는 것이다. 한 가지를 지긋이 오래하지 못하고 금세 새로운 것을 찾다 보니 직장도 여러 번 바뀌었고 파일럿이 되기 전까지 다양한 직업을 가졌다. 직장을 바꿀 때마다 직종이 바뀌다 보니 나는 늘 말단 직원으로 새로 시작해야 했다.

나의 꿈과 도전은 시시각각 달라졌다

'어려서부터 조종사가 되는 게 꿈이었느냐'는 질문을 받은 적이 있다. 나는 꿈도 여러 번 바뀌었다. 시골에서 자란 초등학교 시절에는 다양한 분야의 직업을 접할 기회가 없어서 매일 보는 선생님이 최고의 직업처럼 여겨졌다. 그때 내 꿈은 미술 선생님이 되는 거였다.

중학교에 올라가서는 "은정이는 선생님이 되면 좋겠다."는 언니의 반복되는 말에 반항심이 생겨 '선생님은 되지 않겠다.'고 무작정 반발했다. 선생님이 되는 게 유일한 꿈이었던 내가 그걸 버리고 나니 미래에 뭐가 되고 싶은지도 모르겠고 꿈이라는 게 아예 없어져버렸다.

중학교 때 친했던 친구가 의사가 되겠다는 목표로 서울에 있는 외국어고등학교에 진학했지만, 그때까지도 나는 미래에 대해 이렇다 할 계획이 없었다. 중학교와 고등학교가 함께 있는 학교를 다녔기에 중학교를 졸업하고 나서는 그저 당연하다는 듯 옆에 있는 고등학교에 다녔을 뿐이다.

그 후 대학 입학에 대한 부담감이 서서히 들기 시작하고, 대학에 가서 어떤 공부를 할 것인지, 대학을 마친 뒤에는 어떤 직장에 들어가야 할지 조금씩 생각하긴 했지만, 성적도 중간 정도에 특별히 잘하는 거라곤 여전히 미술밖에 없어서 그때까지도 나는 무엇을 하고 싶은지 쉽게 대답할 수 없었다. 고등학교 1학년 때 영어에 흥미를 느껴 미국 유학을 가고 싶었던 적이 있지만, 어떤 꿈을 이루기 위해 가려 했던 것은 아니다. 조기유학이 열풍이었고 주변에서 몇몇 친구들이 미국에 가는 걸 보고 부러운 마음이 더 컸던 것 같다. 물론 교육열도 없고 돈을 모을 줄밖에 모르던 구두쇠 아버지가 보내줄 리도 없었다.

그나마 잘하던 미술 실력을 살려 대학에 입학했다. 그때까지만 해도 산업디자인을 전공해 문구디자인을 하겠다는 게 나의 목표였다. 내가 디자인한 문구제품이 문방구에 가득했으면 좋겠다는 생각이 잔뜩 있었다. 그런데 막상 디자인 공부를 하다 보니 문구보다 스케일이 큰 디자인을 하고 싶다는 생각이 들었다. 건축디자인을 하고 싶어진 거다. 같은 과 친구들은 졸업에 맞추어 취직하려고 노력 중인데 나는 한 우물을 파지 못하고 건축디자이너가 되겠다며 또 다른 길을 모색하기에 여념이 없었다.

그렇게 해서 떠난 곳이 일본이었다. 구두쇠 아버지가 유학비를 지원해줄 리 없었다. 나는 공부를 하면서 돈을 벌어야 했다. 그래서 일본어학원에 다니면서 아르바이트를 했다. 기내식을 만드는 회사였다. 그런데 비행기와 관련된 곳에서 일하다 보니 서서히 항공사에 관심이 가기 시작했다.

건축가가 되겠다고 일본에 온 나는 원래 취지는 뒤로 하고 항공사 스튜어디스가 되기 위해 여기저기 기웃거리기 시작했다. 영어와 일본어, 한국어를 구사하는 나의 언어 실력을 살리기에는 항공사 일이 더 적합해 보였기 때문이다. 건축디자이너가 되면 늘 독창적이고 창의적인 아이디어를 갈구해야 하는데 그 스트레스를 받느니 스튜어디스가 되어서 이곳저곳을 날아다니며 즐겁게 일하는 것이 좋겠다는 생각이 들었다. 그러나 스튜어디스는 나의 운이 미치지 못했는지, 항공사 입사 시험에서 몇 번이나 실패하고 말았다.

'항공사 말고 나의 언어 실력을 살릴 수 있는 일은 무엇일까?'

스튜어디스가 안 된다면 다시 길을 찾아야 했다. 나의 특기인 언어 구사력을 이용할 수 있는 일, 그걸 생각하다가 떠오른 직장이 바로 호텔이었다. 그래서 한국에 돌아와 여러 군데에 이력서를 넣고 결국 호텔에서 일하게 된 것이다.

하지만 만 3년이 되지 않아 나는 또 직장을 옮겼다. 이렇게 매번 꿈이 바뀌고 하고 싶은 일이 바뀌고 직장이 바뀌다 보니 직장에서 내 직함은 늘 일반 사원이었다. 미국 대사관으로 직장을 옮기고 나서도 조종사가 되겠다며 만 3년 만에 미국으로 유학을 떠났으니 조종사가 되기 전 마지막 직장에서까지 나는 일반 사원이었다.

미국에 갈 때까지만 해도 나는 중국에서 파일럿을 하게 될 거라고는 생각조차 하지 못했다. 아주 우연한 기회에 중국 항공학교에서 외국인 비행교관을 채용한다는 사실을 알게 되었고, 모아놓았던 돈이 모두 바닥났던 시점이라 미국에서는 더 이상 머무를 수 없어 급여 조건에 끌려간 것뿐이다. 그런데 그것이 지금의 나를 있게 한 기회가 되었다.

한 우물을 파야 성공한다고?

우리는 대부분 변화를 좋아하지 않는다. 익숙하지 않으니까 불안하고, 환경이 바뀌는 것이니 두렵고, 새로운 것이 주는 어색함도 불편해서다. 그래서 우리는 변화를 망설이게 된다. 나 또한 일본에서 미국으로, 미국에서 중국으로 매번 다른 목적을 가지고 향하긴 했지만 사실 새로운 곳에서의 생활이 그리 만만했던 것만은 아니었다.

호텔에서 미국 대사관으로 직장을 옮긴 후에도 처음 일주일간은 새로운 환경이 익숙지 않아 얼마나 후회했는지 모른다. 미국에서 중국으로 직장을 찾아간 직후에도 마찬가지였다. 언어도 안 통하지, 한국이나 미국보다 시설도 낙후되어 있어 불편한 게 한두 가지가 아니었다. 정말이지 중국 생활에 익숙해질 때까지 얼마나 신세한탄을 했던지.

'한 우물을 파야 성공한다.'는 속담이 있다. 우리 문화를 대변하는 말 중에 나는 이보다 더 적합한 말을 찾지 못했다. 우리나라에서는 한 직장에서 몇 십 년씩 근속하는 것이 미덕이고, 한 가지를 꾸준히 하는 것이 성공하는 길이자 성실하고 좋은 것으로 여겨진다. 실제로 내 주변에도 한 우물을 파서 성공적으로 외길 인생을 걸어오신 분들이 많다. 내가 전 직장에서 모셨던 토머스 허버드Thomas C. Hubbard 전 주한 미국 대사님도 젊은 시절부터 외교관이라는 한길을 꾸준히 걸어 필리핀에서 대사를 하셨고, 이후 한국에서 대사 임기를 보내시며 60세 환갑을 맞으셨다. 반기문 전 유엔 사무총장님도 한길 외교관 인생을 걸어오신 분이다. 반기문 유엔 사무총장님과 허버드 대사님은 한국과 미국 두 나라의 젊은 외교관으로 만나서 지금까지 서로 독려하며 우정을 쌓으신 것으로 알고 있다.

성공한다는 것은 무엇일까? 스스로 만족하고 행복한 일을 하는 것이 아닐까? 지금 내가 하는 일이, 혹은 내가 하는 공부가 진정으로 바라는 것이 아니거나 의문이 드는 것이라면 굳이 그 길을 고집할 필요는 없다고 생각한다.

많은 사람들이 꿈을 멀리 있는 것으로만 여기고 바라보기만 한다. 그 이유는 지금 가지고 있는 것을 내려놓지 못하기 때문이다. 거금의 학비와 시간을 들여 공부했으니 전공 분야에서 일해야 아깝지 않다고 여기는 것, 지금까지 일해온 곳에서의 직위와 경력이 아까워 그만두지 못하는 것. 어쩌면 당연하다. 그동안 투자한 시간과 돈, 지금의 자리에 오기까지 들인 노력을 불안한 미래와 맞바꾸기란 쉽지 않다. 특히 가장이라는 경제적 책임을 가진 사람이라면 지금 하는 일을 내려놓고 꿈을 좇기가 더더욱 힘들 것이다.

하지만 자꾸만 마음이 다른 곳을 향하거나 다른 것이 하고 싶어 마음이 답답하다면, 지금의 자신이 과연 잘 살고 있는 것인지 의심해봐야 한다. 어쩌면 그것은 나에게 변화가 필요하다는 신호일 수 있다. 변화가 없다면 변화는 있을 수 없다.

나는 대학에서 미술을 전공한 사람이다. 언젠가 서울에서 대학 동기들의 모임이 있었다. 졸업 이후 거의 25년 만에 모인 것이다. 동기들 대부분은 어느 정도 전공과 관련 있는 일을 하고 있었다. 그들은 모두 삼천포로 빠진 내 직업이 의외라며 신기해했다. 대학에서 배운 4년의 시간이 아깝지 않느냐고 묻는 이도 있었다.

하지만 나는 대학에서 전공과목뿐만 아니라 더 많은 것을 배웠다. 우선 사람과 어울리고 더불어 협조하며 살아가는 법을 배웠다. 능률적으로 일하는 법을 배웠고, 사회생활에는 인내가 필요하며, 발전하기 위해서는 노력해야 함을 배웠다. 그러므로 나는 굳이 '전공과 관련된 일을 해야 한다.'는 생각으로 자신에게 한계를 부여할 필요가 없다고 생각한다.

사실 시시각각 변하는 나의 직업을 가장 못마땅하게 여긴 사람은 바로 우리 아버지다. 한 가지를 지긋이 하지 못하고 이랬다저랬다 한다며 몹시도 나무라셨다. 그런 변덕쟁이 딸이지만 지금은 여객기 기장이 된 딸을 누구보다도 자랑스럽게 여기신다. 그런데 나는 다시 한 번 아버지가 혀를 차실 만한 새로운 도전, 새로운 꿈을 꾸고자 한다. 아직은 말씀드리지 않았지만 아마 아버지는 펄쩍 뛰며 또다시 나를 말리시겠지.

마음먹었다면
당장 실행하라

                                   나는 성격이 좀 급한 편이다. 아버
지를 닮아 우리 형제들 모두가 성격이 급하다. 밥도 빨리 먹는 편이고,
말도 빨리 하는 편이고, 걸음걸이도 빠른 편이고…. 무엇인가 생각이
떠오르거나 해야겠다는 생각이 들면 바로 실행에 옮겨야 하는 것까지
우리 형제자매 모두가 닮은 꼴이다.

    내가 좋아하는 막내 오빠는 유난히 나와 생각하는 것도 비슷하고 취
향도 성격도 닮았다. 얼마 전 오빠 집에 다녀왔을 때 올케 언니가 한 번
은 오빠가 매일 새벽 3시가 넘도록 잠도 안 자고 진공관 오디오 앰프
만들기만 한다고 불평을 늘어놓았다.

    그렇게 말하는 언니도 충분히 이해가 되지만, 난 새벽 3시가 되었든
날밤을 꼴딱 새우든 일단 해야겠다는 생각이 들면 시간에 상관없이,

다음으로 미루지 않고 당장 해버리는 오빠의 마음이 더 이해가 된다. 내가 바로 그렇기 때문이다.

해본 뒤에만 알 수 있는 결과

초등학교 2학년 때의 일이다. 내가 다니던 시골 초등학교에서는 학교 수업 외에 따로 과외 수업을 받거나 학원에 다니는 아이들이 거의 없었다. 기껏해야 태권도나 주산을 배우러 가는 남자아이, 피아노를 치러 가는 여자아이들이 있었지만, 그것도 나와 친한 아이들 중에는 하나도 없었다.

그래서 나는 학교가 끝나면 가방을 마루에 집어던지고 그 길로 뛰어나가 친구들하고 해가 지도록 놀다가 엄마가 불러야 집으로 돌아오곤 했다. 우리에게 시험 공부라는 건 따로 존재하지 않았고, 엄마가 버릇처럼 묻는 "숙제는 했니?"라는 질문에는 늘 "숙제 없어요!"라는 대답이 튀어나왔다.

그 시골에서 우리 집은 그래도 좀 산다 하는 집이었다. 게다가 나는 동네 친구들보다 동화책이나 인형도 많았다. 서울에서 자리잡은 언니와 오빠들이 시골집에 올 때마다 선물로 사다 주었기 때문이다. 덕분에 나는 친구들을 부러워해 본 적이 없었다.

그러던 어느 늦은 가을날, 서울에서 예쁜 여학생이 전학을 왔다. 얼굴도 하얗고 머리도 단정하게 묶고 옷도 깨끗하게 입은 그 아이는 무척이나 세련되어 보였다. 다른 세계에서 온 것 같은 분위기였달까? 나는 질투심도 친밀감도 아닌 묘한 감정을 느꼈다.

전학 온 첫날 그 친구가 자기소개를 하는데 피아노가 취미라고 했다. 그때까지 피아노를 치는 아이를 주변에 둔 적이 없어서일까? 나는 샘이 났고 금세 피아노를 배우고 싶어졌다.

그날부터 엄마한테 "피아노 배우고 싶어.", "피아노 사줘." 하며 조르기 시작했다. 하지만 엄마는 사주고 싶어도 사줄 수 없는 사람이었다. 우리집 살림살이를 결정할 경제권이 없었기 때문이었다. 엄마는 필요한 게 있으면 그때그때 아버지에게 사다 달라 했고, 아버지가 사주지 않으면 그것 없이 살림을 꾸려가셨다.

그런 엄마에게 큰돈이 드는 피아노를 사달라고 계속 졸랐으니 엄마도 고역이었을 것이다. 결국 엄마는 한 가지 묘안을 짜내셨다.

"우등상을 받아오면 피아노 사줄게!"

산수 과목에 '가'를 받아올 정도로 성적이 바닥이었으니, 엄마는 내가 우등상을 받는 일이란 결코 없을 거라 여기셨나 보다. 내 귀에도 엄마의 그 말이 피아노를 안 사주겠다는 말로 들렸다. 하지만 포기할 수 없었던 나는 곰곰이 생각한 끝에 까짓것 해보자고 생각했다. '다른 애들이 받는 상을 나라고 왜 못 받겠어.' 싶었던 것이다.

마침 집에는 군복무를 마치고 제대한 둘째 오빠가 직장에 다니기 전이라 잠깐 내려와 있었고, 우리 옆집에는 나보다 한 학년 위의 오빠가 있었다. 그 오빠의 다 쓴 문제집을 빌렸다. 그리고 겨울방학 내내 저녁을 먹고 나면 밤늦도록 끙끙대며 풀기 시작했다.

일명 선행학습이랄까? 다음 학년에서 배울 내용을 미리 공부하기 시작한 것이다. 처음에는 어찌나 졸리던지 문제를 풀다 말고 꾸벅꾸벅 졸다가 오빠한테 혼나기 일쑤였다. 하지만 겨울방학 내내 노력한 보람은 있었다. 새 학년에 올라 당당하게 우등상을 받아들고 집으로 입성한 것이다.

나는 엄마에게 그 우등상을 뻐기듯 내밀며 약속대로 어서 피아노를 사달라고 졸랐다. 내가 피아노를 얻었을까? 결론부터 말하자면 피아노는 구경도 못했다. 엄마는 우등상을 받아온 딸을 무척이나 대견한 듯 함빡 웃었지만, 피아노를 사줄 수 있는 경제권은 여전히 없으셨다.

당시엔 어린 마음에 '엄마는 약속도 안 지키는 나쁜 사람이야.'라며 많이 속상해했지만 지금은 엄마에게 마음을 다해 감사드린다. 엄마는 나에게 피아노보다 더 큰 선물을 주셨다. '마음먹으면 할 수 있다.'는 가르침. 아마 그때부터 나는 결심한 것이 있으면 당장 실행에 옮기는 습관이 든 듯하다.

시작을 해야 시작이 된다

학창 시절 시험 공부를 하다 보면 고민에 빠진다. 수학을 공부하자
니 영어가 걱정되고, 영어를 공부하자니 국어 성적이 불안해지는 그런
고민. 결국 걱정만 하다가 수학도, 영어도, 국어도 뭐 하나 제대로 하
지 못한 채 시험날을 맞이하고야 마는 경험. 누구에게나 있을 것이다.

'영어 공부 열심히 해야지.'

'헬스클럽에라도 다녀야겠어.'

'아! 올해는 진짜 담배 좀 끊어야지.'

'다이어트에 꼭 성공해서 예쁜 옷을 입을 거야.'

우리는 이런 말을 늘 입에 달고 산다. 그러면서 실행은 항상 내일로
미룬다. 결국 그 말들은 시작조차 하지 못한 채 희망 사항으로만 끝나
고 만다. 나도 이와 똑같은 경험, 똑같은 후회를 수없이 반복해왔다.
그래서 어느 순간부터인가 내 방식대로 덜 후회하기 위한 방법을 찾아
나서기 시작했다.

비행기는 한 기종 한 기종이 특별하다. 다시 말해 비행기의 기종은
제각각 개성이 있고 한 비행기만을 위한 매뉴얼도 여러 권 된다. 내 책
장에 꽂힌 책 중 반 이상이 비행과 관련된 책이다. 항공기를 만드는 회
사에 의해 업데이트되거나 항공사에서 자체적으로 업데이트할 필요가

있을 때마다 새 매뉴얼을 제공받는다. 요즘엔 디지털화돼서 인쇄된 책자 대신 컴퓨터 파일로 매뉴얼을 받는다. 새로 업데이트된 매뉴얼을 받을 때마다 '어서 읽어야 하는데…' 하는 생각에 마음만 바빠진다.

그래서 생각한 것이 한꺼번에 다 읽으려고 할 게 아니라, 하루에 딱 1~2페이지만 보면서 요점 정리를 해놓는 것이다. 방대한 분량의 매뉴얼을 읽으려고 하면 시작하기 힘들지만 하루에 한두 페이지만 보겠다고 생각하면 나름 만만해 보이기도 하고, 일단 마음이 가볍기 때문에 시작하기가 훨씬 수월해진다. 이런 식으로 요점 정리된 나만의 노트 파일은 언제든 생각이 안 날 때 쉽게 찾아볼 수 있는 최고의 자산이 되었다.

결심했다면 머뭇거리지 말자

2006년 미국에서 항공학교를 졸업하고 그 학교에 비행교관으로 채용되었지만, 나는 학생을 배정받을 때까지 몇 달이고 기다려야 했다. 비행교관 하나에 학생이 여러 명 배정되다 보니 학생을 배정받으려면 어느 정도 기다려야 하는 게 보통이었다.

미국에서는 항공학교의 비행교관으로 일하는 등 비행경력을 쌓아야 항공사에 지원할 수 있는 자격이 갖추어진다. 그런 점을 악용해 항공학교에서는 비행교관에게 턱없이 적은 임금을 지불한다. 학생 두 명을 배정받아서 거의 매일 꾸준히 비행한다고 해도 한 달에 700~800달러를 벌기가 벅차다. 그렇게 벌어서는 아파트 렌트비를 내고 생활비를 충당하기가 어렵다.

어찌 되었든 나는 적은 임금을 받을지라도 비행교관을 해서 비행경력을 쌓기로 결심했으므로 학생을 배정받을 때까지 파트타임으로라도 일을 해서 생활비를 벌어야 했다. 학교에서 할 수 있는 아르바이트라고 해봐야 비행기 주유를 하거나, 학교 스쿨버스 운전을 하거나, 비행기 세차를 하거나 하는 허드렛일뿐이었는데, 나는 그중에서 중국에서 유학 온 조종훈련생들이 주로 타는 스쿨버스 운전을 하기로 했다.

그렇게 아르바이트로 생활비를 조달하며 학생이 배정되기를 기다린 지 4개월. 우연히 중국에 있는 한 항공학교에서 외국인 비행교관을 모집한다는 소식을 접하게 되었고, 사실 그때까지만 해도 중국행은 그저 호기심 차원에서 생각해본 문제였다.

그러나 생각하면 할수록 경제적으로 부담스러운 미국에서의 교관 생활보다 훨씬 솔깃한 조건이었다. 숙소도 제공해주고, 비행 여부에 상관없이 매달 고정된 급여를 2천5백 달러나 준다고 하고, 게다가 미국보다 생활비가 훨씬 적게 들 터였다. 미국 항공학교의 교관 생활보다 중국 항공학교의 교관 생활이 나에게는 훨씬 맞는 조건이었던 것이다.

중국에 가기로 결심했을 때, 나는 뒤돌아보거나 머뭇거리지 않았다. 결심했으니 시작하고 실행하는 것에만 집중하자고 스스로에게 주문을 걸었다. 나는 바로 중국 비자를 받기 위한 준비에 들어갔다. 그리고 속전속결로 일을 진행시켜 중국에 가기로 결심한 지 일주일 만에 그곳에 도착해버렸다. 그것이 지금 나에게 '중국 최초의 외국인 여성 파일럿'이

라는 수식어가 붙게 된 시작이다.

맘에 쏙 드는 옷이나 핸드백을 살까 말까 망설이다가 그냥 집으로 돌아왔는데 계속해서 눈에 아른거려 밤잠을 못 이룬 적이 있는가? 내 것으로 만들고 싶어서 다음날 아침 가게 문이 열리기 무섭게 사고야 말았던 기억은?

다른 사람이 이룬 것, 다른 사람이 가진 것을 부러워하지만 말고, 마음먹었다면 당장 시작하자. 이루고 싶다고, 가지고 싶다고 생각하는 것이 있다면 내 것으로 만들기 위해 무엇이든 당장 실행해보자. 모든 일은 시작이 있어야 정말 시작이 되는 것이다.

멋지게 창공을 날기 위한 첫 시작은 엔진을 가동하는 것이다. 그래야 바람을 가르며 날아오르는 이륙을 할 수 있다. 지금 당신의 마음속에 담아둔 꿈이 있다면, 오늘 그 엔진에 시동을 걸어라. 비행기의 이륙은 선택이지만 착륙은 필수이다. 당신이 오늘 시작하는 이 비행은 착륙만이 기다리고 있을 것이다.

열릴 때까지
두드려라

　　　　　사람들은 나에게 운이 좋은 사람이
라고 한다. 뭐든 생각하는 대로 척척 되고 하는 대로 수월하게 풀렸다고
생각하는 사람이 많다. 사실 어떤 면에서 보면 내가 운이 좋은 사람이
라는 말은 맞는 것 같다. 어떻게든 결국엔 내가 하고 싶은 걸 하고야 말
았으니까. 하지만 고백컨대 내가 이룬 어떤 일도 한 번에 이룬 것은 단
한 가지도 없었다.

삼세번, 7전 8기

호텔에 들어가기 위해서는 1년을 기다렸고 이력서도 수없이 썼다. 영

어로, 한글로, 일본어로…. 정말 이력서라면 진절머리가 날 정도로 썼다. 그래도 요즘엔 컴퓨터로 이력서를 쓰니 얼마나 다행인지 모른다. 1990년대 자필 이력서를 쓰던 시절에는 이력서를 쓰느라 밤을 새운 적도 꽤 있었다.

나는 지금 일하는 항공사에 꾸준히 다닐 생각이다. 이 회사가 나에게 한국에서 여객기 파일럿으로 일할 수 있는 기회를 주었기 때문이기도 하지만 사실 마음 한편에는 그 지겹게 써온 이력서를 또 쓰고 싶지 않아서이기도 하다.

'삼세번'이라는 말도 있고 '7전 8기'라는 말도 있고 '두드려라, 그러면 열릴 것이다.'라는 말도 있다. 나는 도전해서 실패할 때마다 이런 말들을 위로 삼아 '한 번만 더, 이번이 마지막이다, 실패해도 나는 잃을 것이 없다, 밑져야 본전이다.'라며 스스로를 세뇌시켜왔다. 어쩌면 한 번 더 시도해보기 위한 명분을 그런 데서 찾았던 것 같다.

오산 미 공군부대 안에 있는 에어로클럽에서 비행을 배우고 싶어 길을 찾던 중 '미국 대사관에 들어가면 미 공군부대에 들어갈 수 있는 출입증을 발급받을 수 있지 않을까.' 하는 막연한 기대로 채용 공고가 나는 대로 미국 대사관에 지원했던 적이 있다. 7개월에 걸쳐 세 번의 채용 공고가 났고, 부서를 불문하고 지원 가능한 자리라고 판단되면 모두 지원했다. 첫 번째 면접 시험은 이민 비자과에서 일할 직원을 뽑는 자리였는데, 대사관에서의 면접이 처음이라 많이 떨리기도 하고 준비

가 부족했는지 낙방하고 말았다.

두 번째 면접 시험은 여행 비자과 직원을 채용하는 자리였는데 이미 면접을 본 경험이 있음에도 불구하고 또다시 떨어지고 말았다. 많이 실망했지만 삼세번이라는 말도 있고 이대로 포기할 수는 없어서 다시 채용 공고가 나기만을 손꼽아 기다렸다.

세 번째 면접 시험은 인사부 직원을 뽑는 자리였다. 이제까지 떨어졌던 두 면접 시험은 미국인 외교관이 혼자서 진행했는데, 이번에는 한국인 직원 한 분과 미국인 외교관 한 분이 한국어와 영어로 함께 진행했다. 지난 두 면접 시험에 비해서 시간도 오래 걸렸던 듯하고, 어떤 질문을 받았는지 기억에 남는 것으로 봐서 합격하지 않을까 하고 은근히 기대했다. 그러나 대사관에서 연락이 오기만을 기다린 지 일주일쯤 되었을까? 나는 또다시 낙방했다는 전화를 받았다.

'아, 이제 나는 어떤 자리에 지원하더라도 더 이상 불러주지 않겠구나.' 하는 생각이 들었다. '이제 한국에서 비행 공부를 시작하기란 정말 불가능한 것인가.' 하는 절망적인 생각도 들었다.

그렇게 지원하고 떨어지기를 반복한 지 약 7개월 정도가 되었다. 그런데 마지막 낙방 소식을 전해들은 지 일주일 정도 되었을 때 미국 대사관에서 다시 전화가 걸려왔다. 미국에서 새로 대사님이 부임해오셨는데 급하게 한국인 비서를 찾는다는 것이었다. 내가 마지막으로 응시했던 부서가 마침 인사부였기 때문에 받을 수 있었던 연락이었다. 나를 면접한 미국인 외교관이 나에게 연락을 해보라고 하셨다는 것이다. 내가 응시했던 자리는 내부의 다른 사람으로 채워졌고, 대사님이 찾는 그 비서 자리에 내가 적임자라고 여기셨다는 것이다.

결국 나는 대사관저 비서로 미국 대사관에 입사하게 되었다. 그리고 대사님 부부의 적극적인 지지로 오산 미 공군부대 내 에어로클럽에서 비행을 배울 수 있게 되었다. 드디어 조종사로서 첫발을 내딛게 된 것이다.

기다림

중국 네이멍구의 바오터우라는 시골 도시에서 항공학교 비행교관을 하던 시절에 내 전 직장인 지상항공사가 창립되었다. 창업과 동시에 지원서를 넣었는데 몇 달 뒤에 전화 연락이 왔다. 이력서를 받았고 지금 검토 중이니 연락을 기다리라는 말이었다. 그 뒤 가끔 항공사 인사부 담당자와 인터넷 채팅으로 인사를 나누면서 언제쯤 나를 불러줄까 눈치를 봤다. 하지만 이렇다 할 시원한 대답을 들을 수 없었다. 가슴이 답답했다. 전화를 해서 졸라볼까도 생각했다. 그러나 섣부른 행동으로 일을 망칠까 봐 그만두었다. 그런 가슴앓이는 해본 사람만이 이해할 수 있다. 이제나저제나 연락이 오기만을 기다린 지 8개월. 그제야 비로소 나의 입사가 결정되었다.

항공사에 가서 계약서를 받아들고 항공학교의 남은 일을 마치기 위해 다시 바오터우로 돌아가는 비행기 안. 내다보는 창밖 풍경이 무척이나 특별하게 보였다. 파란 하늘 하얗게 피어나는 뭉게구름 사이로 그동안 힘들었던 내 모습이 하나씩 지나갔다. 어느새 나도 모르게 뜨거운 눈물이 주르륵 흘렀고, 눈물에 섞인 나의 지난 모습이 계속해서 옅게 흘러갔다. 오랜 기다림과 가슴앓이 뒤에 일어난 일이라서 꿈이 이루어진 뒤의 감동이 더 컸다.

'하늘에도 길이 있느냐'는 질문을 받을 때가 있다. 아무리 찾아봐도 하늘에는 길이 없어 보인다. 그렇지만 비행기들은 아무렇게나 다니는 게 아니라 정해진 항로로 다닌다. 우리 눈에 보이지 않지만 분명히 거기에는 길이 있다. 비행기가 다니는 길은 가상의 길이다. 기계와 기계 장치로 임의의 약속을 해놓고 그 약속을 서로 지키려고 노력하면 그게 바로 길이 되는 것이다.

당신이 그토록 희망하고, 열망하고, 이루고 싶은 꿈! 그 꿈을 포기하지 않는 한, 그 꿈을 이룰 수 있는 길은 노력으로 만들 수 있다. 지금 당장 눈앞에 보이지 않더라도 그 길은 분명히 존재한다. 포기해버리면 꿈은 영원히 내 것이 될 수 없다. 열릴 때까지 문을 두드려야 한다.

제2의 조은정

언젠가 친한 언니가 선물로 준 바이올린 연주 시디를 며칠째 출퇴근길 차 안에서 듣고 다녔다. 어느 날 아침, 시디에 수록된 곡 중 오페라 〈카르멘Carmen〉의 〈카르멘 환상곡Carmen Fantasy〉을 들었다. 오페라계의 세계적인 디바 마리아 칼라스Maria Callas를 연상시키는 이 곡을 듣고 있자니, 전에 텔레비전에서 보았던 〈카르멘〉의 대표적인 아리아 〈하바네라Habanera〉를 부르고 있는 마리아 칼라스의 영상이 살포시 머릿속에 떠올랐다.

하얀 얼굴에 까만 머리, 청순하고 가련한 이미지에서 상상하기 힘들 정도로 뿜어져 나오는 그녀의 노래를 듣고 있노라면 왜 세계의 오페라 역사가 마리아 칼라스 이전과 이후로 나뉘는지 고개를 끄덕이게 된다. 화려하고 멋진 디바 마리아 칼라스. 세상에 나온 순간부터 찬란한 길을 걸었을 것만 같은 그녀. 하지만 내가 알기에 그녀의 과거는 그리 순탄하지만은 않았다.

그녀는 가난한 그리스계 미국 이민 가정에서 태어나 자랐고, 90킬로그램에 달하는 거구인데다 심한 근시 탓에 두꺼운 안경을 늘 쓰고 다니던 못난이였다. 전혀 매력적이지 않던 그녀의 외모는 결국 약점이 되어 감정이 풍부한 음색을 지녔음에도 미국 오페라 무대에서는 전혀 인정받지 못했다.

그런 그녀가 영화 〈로마의 휴일Roman Holiday〉의 오드리 헵번Audrey Hepburn을 보고 '그만큼 날씬해지겠다.'고 결심한 지 2년, 37킬로그램의 체중을 줄이는 데 성공해 어떤 오페라에도 어울리는 아름다운 프리마돈나가 되었다. 그녀는 이탈리아에서 오페라 가수로 주목받기 시작했고, 이어 유럽에서도 인정을 받았으며, 그 후 세계 3대 오페라 극장에서 명연을 펼쳤다. 자신을 멸시했던 미국의 메트로폴리탄Metropolitan 극장까지 진출하고야 만 것이다.

그런데 마리아 칼라스가 미국 오페라 극장에서 거부당하고 이탈리아로 떠나 유럽에서 먼저 재능을 인정받으며 세계적인 오페라 가수로 성장한 일이, 어쩌면 한국에서 태어나고 자란 내가 한국의 항공사가 아닌 중국의 항공사에서 파일럿으로 일했던 것과 비슷하게 여겨져 가슴이 짠했다. 그렇게 길을 돌아가야만 했던 그녀의 가슴앓이를 나는 잘 이해할 수 있기 때문이다. 그녀의 재능이 빛을 발할 수 있어 얼마나

다행인가 싶은 생각도 들고, 포기하지 않은 그녀에게 감사하다는 마음도 생겼다. 감히 그녀에 빗대어 훗날 누군가가 나를 생각하며 '포기하지 않아서 고맙다.'고 여겨주었으면 좋겠다. 그런 생각에 나는 때때로 막중한 책임감을 느끼곤 한다.

파일럿이 되는 길은 쉽지 않았다

2001년 처음 파일럿이 되겠다고 결심했을 때, 당시 한국에 있던 대표적인 두 항공사_{K항공과 A항공}에서는 몇 년째 신입 파일럿을 채용하지 않고 있었다. 하지만 상황이 그렇더라도 한국에서 파일럿이 될 수 있는 가능성이 단 1퍼센트라도 있었다면, 나는 아마 한국에서 파일럿이 되는 길에 도전했을 것이다.

그러나 나에게 닥친 현실은 1퍼센트의 가능성도 허락하지 않았다. 마지막으로 신입 파일럿을 뽑던 1990년대 후반의 채용 공고를 기준으로 자격요건을 살펴보면, 나이 제한은 25세였고 시력도 양쪽 모두 1.5 이상이어야 했다. 당시 내 나이는 스물아홉에 시력도 0.8이었으니 자격 미달로 파일럿의 꿈이 원천봉쇄된 셈이었다.

항공사에서 조종훈련생을 뽑을 때, 다시 말해 최소 10년 이상 고용할 목적으로 사람을 뽑을 때는 모든 면에서 완벽한 사람을 뽑으려는 게 당연하다. 그들을 교육해 파일럿으로 일하게 하기까지 몇 년의 시간과 적지 않은 비용이 투입되기 때문이다.

하지만 가만히 생각해보면 머리가 하얗고 연세가 지긋한 기장님들 모두가 시력이 완벽할 리 없다. 비행을 하다 보면 눈이 쉽게 피로해져 시력이 나빠지기도 하고, 그런 환경에서 해를 거듭해 일하다 보면 자연스럽게 노안이 오기도 한다. 이럴 경우 그 기장을 해고시킬까? 그건 아니라고 생각했다. 그것은 곧 시력이 완벽하지 않아도 교정시력이 비행에 지장을 주지 않을 정도이고, 비행경력이 항공사에서 필요로 하는 만큼 충분하다면 파일럿이 될 수 있음을 의미했다. 그렇다면 조종훈련생으로 입사해 회사 돈으로 비행 공부를 하지 않아도, 즉 내 스스로 항공사에서 필요로 하는 존재가 되면 파일럿이 될 수 있다는 뜻이었다. 자, 이제 생각이 정리됐다.

'이제 어떻게 해야 하지?'

'한국에서 파일럿이 되기 힘들다면 어디서 할 수 있을까?'

'비행경력을 갖추기 위해선 무엇을 어떻게 해야 하는 것일까?'

그때 내 머릿속은 온통 그 생각으로만 가득했다. 길을 찾아야 했다. 한국이 안 된다면 다른 곳에서라도 파일럿이 될 수 있는 길. 그러던 중 한국 항공사에서 채용된 조종훈련생들도 대부분 미국으로 보내져 비행교육을 받는다는 사실을 알게 되었다. 어느 정도의 비행교육과 비행경력이 있어야만 정식 파일럿이 될 수 있는 것이다. 사실이 그러하다면 자비로 미국에서 비행교육을 받아 비행경력을 쌓아도 될 듯했다. 신입 파일럿으로는 길이 없지만 경력 파일럿으로는 충분히 승산이 있어 보였다.

그것을 깨닫는 순간 내 가슴은 콩닥콩닥 뛰기 시작했다. 게다가 그 길은 미국 항공사에 파일럿으로 입사하기 위한 일반적인 방법이기도 했다. 한국이 안 되면 미국에서라도 파일럿이 될 수 있는 것이다. 주먹을 불끈 쥐고 "옛~스!"

미국에서 파일럿이 되려면 항공학교에서 자가용 면허, 계기비행 자격, 상업 면허, 멀티 엔진 면허를 취득하고 이러한 면허 과정들을 가르칠 수 있는 교관 면허까지 취득한 뒤 비행교관을 하면서 비행경력을 쌓아야 한다. 항공사마다 요구하는 비행 경력 시간은 조금씩 다르지만 대략 1천 시간 이상이 되면 항공사에 지원할 수 있는 자격이 주어진다. 물론 비행교관을 하지 않더라도 농업용 비행기로 논밭에 대량으로 씨를 뿌리거나 농약을 치거나 해서 비행경력을 쌓을 수도 있고, 그랜드캐니언Grand Canyon 같은 곳에서 관광객을 태우고 다니면서 비행경력을 쌓아도 된다. 또는 작은 전용기 회사에 무임금으로 취업해서 비행경력을 쌓아도 된다. 이렇듯 비행경력을 쌓는 방법은 매우 다양하다.

하지만 가장 일반적인 방법은 항공학교에서 비행교관을 하는 것이다. 항공학교엔 매년 새로운 학생이 들어오기 때문에 자신이 배운 학교에서 바로 일을 찾을 수 있거니와 학생을 가르치다 보면 오히려 더 많은

것을 배울 수 있어 파일럿이 되고자 하는 이들은 비행교관을 가장 선호한다.

자, 이 정도면 파일럿이 될 수 있는 길을 찾은 것 같다. 그럼 이제 어떻게 해야 하지? 미국으로 가야 하는데…. 하지만 당시 나는 미국으로 떠날 만한 돈도, 연고지도 없었다. 떠날 수가 없었다.

다시 길을 찾아야 했다. 한국에서 일하면서 비행을 배우고, 동시에 정식 파일럿 면허증을 발급받을 수 있는 길. 그렇게 찾아낸 길이 바로 오산 미군 공군부대 내의 에어로클럽에서 교육을 받는 것이었다. 나는 당장 오산 에어로클럽에 들어가는 것을 목표로 삼았고 이를 위해 끊임없이 움직였다.

그리고 결국 오산 에어로클럽에 들어가 자가용 면허증까지 취득했고, 그다음 단계인 계기비행 과정을 밟던 중 미국으로 유학을 떠났다. 3년 동안 미국 대사관에서 일하면서 모아둔 돈으로 항공사의 경력 파일럿 입사 자격에 준하는 파일럿 면허증과 비행경력을 갖추기 위해, 그리고 나의 꿈을 찾아서 한 치의 망설임 없이 그렇게 나는 한국을 떠났다.

아메리칸 드림에서 차이나 드림으로

미국 항공학교에 다니고 있을 무렵, 나와 함께 비행을 배우던 동료 중에는 중국 항공사의 위탁으로 미국에 유학 온 조종훈련생들이 상당히 많았다. 대략 40여 명은 되었던 것 같은데 그중에서 내가 학교에 입학해서 졸업할 때까지 쭉 같이 지냈던 친구들은 열 명 남짓 된다. 같은 아시아인이기도 하고 홀로 유학을 온 동병상련이라 그랬던지 우리는 한 동포처럼 친하게 지냈다.

그 친구들 중 네 명이 한 아파트에 살았는데, 나는 자주 그 집에 놀러가 그들이 직접 만든 중국 음식을 함께 먹곤 했다. 마침 내겐 차가 있었고 그들에겐 차가 없었기 때문에 가끔씩 그들의 발이 되어주면서 서로의 타향살이를 위로하곤 했다. 그런 경험이 있었기에 아마 나에게는 중국이라는 나라가 멀지 않게 느껴졌던 것 같다.

하지만 그런 경험이 있었다고 해서 바로 중국의 항공학교에 관심을 가졌던 것은 아니다. 돌이켜보면 내가 어떤 선택을 할 때 직접적인 계기는 늘 경제적인 이유가 먼저였고, 그것을 촉발한 촉매제는 언제나 우연한 사건에서 비롯되었다. 그 당시 나는 모아놓은 돈이 바닥났고 학자금 대출을 받은 상태인데다 신용카드로 사용할 수 있는 한도액을 다 써버린 상태였기 때문에 경제적으로 매우 난감한 처지에 있었다. 그러던 어느 날, 항공학교의 오퍼레이션 매니저가 중국 항공학교의 매니저로 초빙돼 가는 걸 보고 중국에 있는 항공학교에 관심을 가지기 시작한 것이다.

나는 미국에서 비행교관을 하는 것보다 중국에서 비행교관을 하는 게 경제적으로 훨씬 조건이 좋다는 이유 하나만으로 중국에 가기로 결심했다. 물론 그때까지만 해도 나는 미국이나 한국에서 파일럿으로 지원할 수 있는 비행경력만 쌓으면 당연히 돌아올 생각이었다. 중국에서 최초의 외국인 여성 파일럿이 되겠다는 생각은 그때까지만 해도 내 머릿속에 존재하지 않았던 것이다.

그게 바로 13년 전, 2006년 4월의 일이다. 그때 나의 미국인 친구들은 중국까지 꼭 가야 하느냐며 안타까워했다. 하지만 그게 전화위복이 될 줄은 그 당시 나도 그들도 몰랐었다. 어쨌든 북경에서 남서쪽으로 4시간가량 떨어진 스자좡石家庄, 석가장이라는 곳에서 나의 첫 중국 생활이 시작되었다. 그런데 이 지역은 늘 짙은 안개와 스모그가 자욱해 비행 실기 수업을 할 수 없는 날이 많았다. 난 그런 날은 교실에 40~70명 정도를 앉혀놓고 이론 강의를 하며 시간을 보냈다. 사정이 그렇다 보니 내가 비행기를 태워 비행 실기를 가르쳤던 학생은 열두 명 남짓이지만, 내 이론 수업을 들었던 학생은 몇 백 명이나 되어 지금도 여객기 운항 중에 교신을 하다 보면 내 목소리를 알아듣고 불러주는 제자들이 상당히 많다.

거의 넉 달 동안 비행 실기 수업이 원활하게 이루어지지 않자 학교 측은 기상이 좋은 지역에 여기저기 분교를 내기 시작했고, 나는 그중에서 네이멍구의 바오터우라는 곳으로 발령받게 되었다. 겨울에는 한낮 기온이 보통 영하 16도였고 추운 날은 영하 40도 밑으로 내려가는 그곳에서 나는 분주히 겨울을 났다. 그러다 보니 미국이나 한국 항공사에 지원할 수 있는 충분한 비행 경력 시간을 얼추 채울 수 있었다.

이제 나에게는 정식 파일럿이 되기 위한 도전만이 남았다. 우연인지 필연인지 때마침 한국의 두 항공사에서 경력 파일럿 채용 공고가 났고 설레는 맘으로 지원서를 냈다. 하지만 너무 쉽게 생각했던 것일까? 한 항공사에서는 서류심사도 통과하지 못했고, 또 다른 항공사에서는 지원한 신청자가 적어서 적당한 인원이 채워지면 다시 전형을 치르겠다며 추후에 연락을 주겠다고 했다. 떨어졌다는 말만 듣지 않았을 뿐, 언제 부르겠다는 기약이 없는 막연한 대답이었던 것이다.

시간은 계속 흐르고 나의 마음도 점점 초조해지기 시작했다. 여기저기 채용 공고를 찾아보고 지원을 해보고 전화도 해보며 몇 달을 보냈다. 그러나 불확실한 기다림 속에서도 나에겐 어떤 막연한 믿음이 있었던 것 같다. 어딘가에서는 나를 필요로 하는 곳이 꼭 있을 것이라는 믿음 말이다.

2007년 9월, 나는 드디어 중국 상하이에 본사가 있는 지샹항공사에 에어버스320 부기장으로 입사했다. 당시 미국의 경제는 곤두박질치고 미국의 항공산업도 도미노처럼 무너지고 있었다. 그 여파로 미국에서 나와 함께 공부한 항공학교 선후배와 친구들이 모두 취업하지 못해 전전긍긍하던 시기였다. 이미 항공사에 다니고 있었던 선배들도 레이오프layoff, 일시적 해고 또는 휴직가 되어 직장을 잃었고 어떤 친구는 입사가 결정되었다가 취소되기도 했다.

그에 반해 중국의 항공산업은 날로 번창하고, 새로운 조종사를 배출하기 위해 국가와 정부가 온 힘을 다해 노력하고 있었다. 그럼에도 조종사가 현저히 부족한 상태였으니, 나에겐 참으로 행운이었던 셈이다. 게다가 미국에서는 비행경력을 채워 입사해도 좌석 수가 50명 이하인 작은 제트기 부기장부터 시작하는 데 반해 나는 입사하자마자 160명의 승객이 탑승하는 에어버스320 제트기를 조종하게 되었으니, 미국에 있는 항공학교 선후배와 친구들이 보기에 나는 행운아처럼 보였을 것이고 부러웠을 것이다.

하지만 이 모든 행운은 아무리 상황이 어려워도 포기하지 않고 계속해서 파일럿이 될 수 있는 길을 찾으려 노력한 덕분이다. 만일 2001년 나이 제한에 걸려 한국에서 조종훈련생이 될 수 없다는 사실을 알았을 때 포기했다면, 2005년 미국에서 비행경력을 쌓다가 경제적인 이유로 힘들어서 포기했다면, 지금의 나는 없었을 것이다. 그러나 마음을 여니 시야가 넓어졌고 더 넓은 세상이 보였다. 한국에서 당장 어렵다면 미국에서, 미국에서 힘들다면 중국에서 나에게 맞는 길을 찾으려고 했으니 말이다. 나는 아메리칸 드림에서 차이나 드림을 이루었다. 여객기

조종사로서 첫발을 내딛을 수 있었던 중국은 나에게 제2의 고향이다.

제2, 제3의 조은정을 기다리는 이유

한국은 삼면이 바다로 둘러싸여 있다. 그렇다 보니 우리나라가 아닌 다른 나라를 '해외'라고 지칭한다. 바다 건너 멀리 있는 나라라는 의미일 것이다. 하지만 곰곰이 생각해보면 중국도 일본도 제주도보다 조금 멀리 있는 지역일 뿐이다. 다시 말해 마음을 열고 생각을 전환시켜 바라보면, 자신의 날개를 펼칠 수 있는 곳이 자신이 상상했던 것보다 훨씬 넓다는 이야기다.

한국인은 한국전쟁 이후 50년 만에 세계 경제 강국이 된 우수한 민족이다. 지금도 다양한 분야에서 세계적으로 활약하고 있는 다재다능한 한국인들을 쉽게 접할 수 있다. 소프라노 조수미, 바이올리니스트 사라 장, 피겨스케이트 요정 김연아, 축구의 박지성, 야구의 박찬호, 박세리 선수를 포함한 뛰어난 골프 신수들, 발레리나 강수진 씨와 2008년 포드 월드 모델 대회에서 1등을 하며 뉴욕에서 활동하고 있는 강승현 씨, 그리고 자랑스러운 우리의 반기문 전 유엔 사무총장님. 셀수 없이 많은 우수한 한국인들이 세계 속에서 리더로 활약했고, LPGA를 휩쓰는 전 세계 챔피언 목록의 탑 10 안에 드는 인물의 반 이상이 한국 여성 골퍼들이다.

현존하는 오페라 가수로 세계적으로 사랑받고 있는 루마니아의 소프라노 안젤라 게오르규Angela Gheorghiu는 '제2의 마리아 칼라스'라고 불리며, 마리아 칼라스와 자주 비교되곤 한다. 만일 마리아 칼라스가 오페라 가수의 길을 걷던 초창기에 미국에서 인정받지 못했다는 이유로 그냥 주저앉았다면, 그녀가 세상을 떠난 지 30년이 지난 지금 '제2의 마리아 칼라스'라는 수식어는 붙일 수 없었을 것이다. 그녀는 남들이 쉽게 갈 수 없던 길을 걸었고, 그랬기에 세상을 떠난 지금도 여전히 우리 가슴속에 살아서 모범이 되어주고 있다.

예전에 나는 한국에서 먼저 능력을 인정받아야 해외에서도 인정받을 수 있다고 생각했다. 하지만 지금의 나는 우수한 인재가 바글바글 몰려있는 한국에서 경쟁하기보다 세계에 나가 자신의 길을 만들어가는 것이 오히려 더 쉬울 수 있겠다는 생각이 든다. 미국 50개 주 중에서 한 개의 주보다도 작고, 중국 36개의 성 중에서 한 개의 성보다도 작은 대한민국에서 박 터지게 경쟁할 필요가 없다는 게 내 생각이다.

해외에서 활약하면서 훌륭한 인재로 성장해 얼마든지 대한민국의 자랑스러운 딸아들로 우리나라의 위상을 높일 수 있다. 나는 파일럿을 꿈꾸고 있는 제2, 제3의 조은정에게 제2의 제니스 스킬라처럼, 그리고 세계에서 자랑스럽게 인정받았던 마리아 칼라스처럼 닮고 싶은 표본이 되고 싶다.

연습이
완벽을 만든다

몇 년 전 내가 졸업한 이천 양정여자고등학교에서 진로 강연 요청을 받은 적이 있다. 아버지가 계시는 경기도 이천에 가는 길에 평소에 연락하고 지내던 고등학교 1학년 때의 은사님인 박혜례나 선생님과 저녁 식사라도 할까 싶어서 연락했는데, 선생님께서 "은정아, 이왕 오는 김에 우리끼리 밥만 먹을 것이 아니라 후배들에게 꿈을 주는 진로 강연 한번 해보는 게 어떻겠니?" 하고 제안하신 것이다.

한 번도 그런 강연을 해본 적이 없어서 잠시 머뭇거리기는 했지만 모교를 위해 무언가 할 수 있는 일이 있다는 게 기뻐 선생님의 제안을 흔쾌히 받아들였다.

떨리는 첫 진로 강연

비행교관을 하던 시절, 교실에 70명 정도 학생들을 모아놓고 이론 수업을 한 적은 있지만, 그땐 교과서도 있고 교과 내용대로 가르치면 되는 것이어서 강의 준비를 하는 데 크게 어렵지 않았다. 항공사에 입사한 후에도 회사 소속의 조종훈련생들이 다니는 대학에 가서 강의를 한 적은 있지만, 그 학생들은 이미 조종사가 될 목표를 가진 학생들이었고 연령으로 봐서도 곧 사회로 나올 20대 성인이라서 강의를 들을 때 집중도가 높았다.

그런데 막내 조카 같은, 나이 차이가 무려 20년도 넘게 나는 어린 학생들을 대상으로, 그것도 각자 다른 꿈을 가지고 있는 아이들에게 무슨 말을 어디서부터 시작해야 할지 여간 난감한 것이 아니었다. 일부는 내 이야기를 흥미롭게 들어줄 수도 있겠지만, 또 다른 학생들은 전혀 관심 없어 할 수도 있는 노릇이었다. 그래서 미리 조카에게 물었다.

"네 또래 아이들은 나에게서 무슨 이야기를 듣고 싶을까?"

"고모, 그냥 고모가 파일럿이 되기까지 어떻게 노력했고 어떤 과정을 거쳤는지 솔직하게 말해주면 돼요. 애들은 그런 거 좋아해."

조카의 조언을 따르기로 했다. 솔직하게 내 이야기를 있는 그대로 말해보기로.

그렇더라도 아이들의 시선을 끌어서 호기심을 유발하고 집중하게 할 준비는 필요했다. 그래서 비행하러 가는 것도 아닌데 일부러 파일럿 유니폼을 챙겨서 강연장에 입고 들어갔다. 생각보다 반응이 괜찮았다. 아이들의 반짝이는 눈빛도 느낄 수 있었다.

우선 내 소개를 간단히 했다. 그리고 이야기가 길어지면 따분해할 것 같아 예전에 중국의 한 방송에 출연했던 영상에다가 한글 자막을 달아서 보여주었다. 그 영상에는 내가 어떤 배경과 계기로 파일럿이 되었는지, 파일럿이 된 후 이른 아침 비행 준비를 하는 모습과 비행기에서 이착륙하는 모습, 그리고 비행을 하지 않는 날에는 어떻게 일상을 보내는지 등 다양한 모습이 담겨 있었다.

그걸 보여주고 남은 십여 분 동안 학생들에게 두세 가지 질문을 받으면 충분히 시간이 채워지리라 생각했다. 그런데 질문을 받기 시작하자 예상과 달리 질문이 끊이질 않았다. 약속된 시간이 다 지났는데도 학생들이 계속해서 손을 들고 자리를 뜨지 않으려 하는 통에 담당 선생님께서 강제로 해산해야 할 정도였다.

그때 아이들이 나에게 했던 질문이나 요청은 참으로 다양했다. 기내 방송을 한번 해달라고 하기도 했고, 월급은 얼마를 받느냐고 묻기도 하고, 진짜로 우리 학교에 다녔던 게 맞느냐고 묻기도 했다. 남자 친구가 있느냐는 익살스럽고 귀여운 질문도 있었다. 그 다양한 질문 중에 아이들 모두가 진지하게 들어주었던 질문은 단연 비행 공부를 하면서 가장 힘들었던 것, 그리고 그것을 어떻게 극복했는지에 관한 것이었다.

고되고 힘든 연습과 훈련을 어떻게 하면 잘 참고 이겨낼 수 있을까? 정답은 의외로 간단하다. 잘할 때까지 인내하면서 끝까지 마치는 것. 미국에서 항공학교를 다닐 때 나를 가르치던 교관들이 자주 하던 "Practice makes perfect!연습만이 완벽을 만든다!"란 말도 이와 일맥상통한다. 그러나 연습하는 것만큼 지루하고 따분하고 하기 싫은 일이 또 있을까?

늘 서툰 '처음'

지금이야 가족이나 친구들과 대화하는 것만큼이나 쉽게 느껴지지만, 비행 공부를 처음 시작하던 그때의 나에게 항공 교신은 매우 큰 장벽이었다. 비행기 조종도 익숙하지 않은 상태였는데, 비행기 조종보다 더 어렵게 느껴진 게 바로 항공 교신이었다.

미국 대사관에서 대사님의 비서를 했기에 영어는 좀 할 줄 안다고 자만하고 있었는데, 항공 교신은 잘 들리지도 않고 입도 잘 떨어지지 않았다. 항공 교신은 나뿐만 아니라 같은 주파수에서 교신하는 모든 비행기 조종사들이 비행 중 틀어놓은 스피커로 관제사와 교신하는 것이기에 다 같이 듣게 된다. 다시 말해 조종사가 비행기를 운항할 때는 끊임없이 교신 소리를 들으며 비행하는 것이다. 초기에는 비행기를 조종하는 데 온 신경을 쓰다가 관제사가 부르는 소리를 듣지 못할 때도 많았다.

"N94ER내 비행기 번호, 야! 관제가 너 부르잖아!"

비행교관이 내 허리를 쿡쿡 찌르며 알려주는데도 입이 선뜻 떨어지지 않았다. 버벅대며 우물쭈물하니까 교관이 나 대신 회신해주었다.

아무리 비행을 공부한 지 얼마 안 되었다지만, 이 상태로 가만히 있을 수는 없었다. 비행 실기 연습에서 돌아오자마자 비행학교에 남아 교신용 라디오를 앞에 두고 몇 시간씩 듣기 연습을 했다. 다른 비행기들이 교신하는 소리를 듣다가 한 비행기를 정해서 내가 그 비행기를 조종한다고 상상하면서 종이 위에 내가 들은 것들을 받아 적기도 하고 그 비행기가 뭐라고 회신하는지 듣는 연습도 꾸준히 했다.

그러기를 몇 달 동안 반복하자 비행기를 조종하면서도 교신이 들리기 시작했다. 자신감이 조금씩 붙었다. 그제야 내가 파일럿이라고 느껴졌다. 영어 공부를 할 때도, 일어 공부를 했을 때도 그랬다. 안 들리던 언어를 죽기 살기로 매일 반복해서 듣다 보면 어느샌가 나도 모르는 사이에 조금씩 들렸다. 항공 교신도 그렇게 거듭된 훈련 속에서 비로소 자연스러워질 수 있었다.

비행 절차를 암기할 때도 훈련은 큰 힘을 발휘했다. 비행기 기종에 따라 절차가 달라지고, 각 비행기마다 기계장치의 위치나 모양도 달라서 학업 과정 중에 비행기 기종이 바뀌면 그에 맞추어 다시 외우는 수밖에 방법이 없다. 그때 나는 형체만 남은 고장난 비행기 안에 들어가

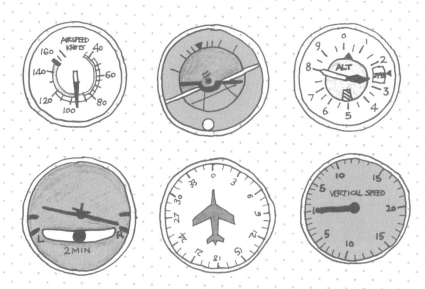

몇 시간이고 반복해서 비행 절차들을 외우고 또 외웠다. 익숙해질 때까지 실제 비행기와 똑같이 생긴 고장난 비행기에 들어가 연습하고 암기했던 것이다.

연습을 반복해야 하는 것은 항공학교에서 타던 작은 프로펠러 비행기뿐만이 아니다. 지금 내가 운항하는 제트 여객기도, 현존하는 최대 비행기 에어버스380도, 설사 그게 우주선이라고 해도 마찬가지다.

몸이 반응할 때까지 하는 훈련이 진짜

2007년 처음으로 여객기 조종실 안에 들어가서 무수히 많은 버튼과 기계장치들을 보았다. 그 순간 제일 처음 느낀 감정은 놀라움, 그다음은 아찔함이다. "와~" 하는 감탄사가 절로 날만큼 입이 딱 벌어졌으나 이윽고 머릿속이 멍해지면서 '앞으로 이 많은 스위치들을 어떻게 다루어야 한다는 말인가?' 하는 생각에 겁이 나기까지 했다.

그러나 이런 우려도 지금까지 그랬듯이 외우고 연습하면 쉽게 해결될 줄 알았다. 그래서 에어버스 교육센터에서 파트너와 함께 여객기 조종 교육을 받으며 시뮬레이터 실습을 해야 할 때면, 커피숍에 들어가 조종실 내부의 스위치와 기계장치들을 축소한 포스터를 테이블 위에 펼쳐놓은 다음 파트너와 역할을 나누어 비행 절차를 연습하고 암기했다. 입이 닳도록 반복하고 또 반복했다. '이 정도면 내일 시뮬레이터 실습에서 문제없겠지?'라는 생각이 들만큼 파트너와 맞춰보았다.

하지만 교육용 시뮬레이터 안에 들어가면 상황이 달라진다. 뒤에서 호령을 하며 지켜보는 비행교관이 있으니 머릿속이 새하얘지면서 전날 외우고 연습했던 것들이 하나도 생각나지 않는 거다. 이것저것 실수 연발에 우왕좌왕. 기껏 교관에게 듣는 말이란 "너희들, 어제 내가 프로시저procedure 연습하라고 했지? 한 게 이 모양이야?"

'휴, 도대체 얼마나 연습을 해야 익숙해질는지.'

너무 쉽게 생각한 거였다. 단기간에 집중해 연습한다고 해서 몸에 배는 게 아니었다. 눈으로 외우고 머리로 익힌다고 해서 다 할 수 있는 것이 아니었다. 떠올리지 않아도 그다음에 무엇을 해야 할지 몸이 먼저 움직여야 했다. 스위치 판을 올려다보지 않아도 그때그때 필요한 스위치 위치에 저절로 손이 가고 말을 하지 않아도 파트너와 호흡이 척척 맞아떨어져야 훈련이 된 거였다. 거기까지 가려면 아직 멀었다.

여객기 면허 시험 과정을 마치고 회사에 돌아오면 소위 연습생 시절을 거쳐야 한다. 이때 비행기의 조종실 뒷자리에 앉아 파일럿이 실제 조종하는 모습을 지켜보는 의무 과정이 있는데, 기장이야 기장이니까 당연하다 치더라도 부기장의 노련함은 부러움의 대상일 수밖에 없었다.

'나도 언젠가 저렇게 척척 할 수 있는 날이 오긴 오겠지?'

그때 내 부러움의 대상이었던 부기장은 여객기 파일럿 경력만 만 4년

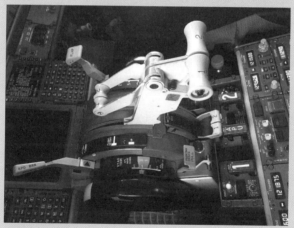

차였으니 몸이 먼저 반응할 때까지 수많은 훈련을 하고 노력을 쏟았을 게 분명했다.

진짜 비행기보다 조종하기 어려운 시뮬레이터

항공사 파일럿은 국제 항공법에 따라 6개월마다 시뮬레이터 재교육을 받고 시험을 치러야 한다. 거의 매일 비행하는데 무슨 교육을 그렇게 자주 받느냐고 생각할 수 있는데, 실제 비행에서는 고장이나 돌풍 같은 일들이 잘 일어나지 않기 때문에 오랫동안 실습할 기회가 없어 비상 상황에 대처하는 방법을 쉽게 잊어버릴 수 있다. 그래서 일반적이지 않은 상황이 발생했을 때 어떻게 대처해야 하는지 그 프로시저를 능숙하게 숙지하기 위해 6개월마다 복습하는 것이다.

이런 시뮬레이터들은 실제 비행기 조종실 내부와 똑같이 만들어져 있고, 실제 비행기의 움직임과 똑같이 움직이도록 되어 있다. 따라서 여러 가지 방법으로 기계장치를 고장내기도 하고 컴퓨터로 기상 상황을 어렵게 만들어둔 후 연습을 한다. 워낙 다양한 상황을 가상으로 만들 수 있어 1년에 두 번, 한 번에 5일 정도 시뮬레이터 재교육을 받는 데도 일정이 빡빡하다.

처음 이틀은 이론을 복습하고 나머지 3일 중 이틀은 시뮬레이터 안에서 실기 연습을 한다. 마지막 하루는 시뮬레이터 안에서 실기시험을 치른다. 실기 연습 때는 하루에 연속 4시간 동안 시뮬레이터를 타는데, 4시간이면 자동차로 서울에서 부산까지 갈 수 있는 시간이고, 비행기를 타면 서울에서 동남아의 웬만한 나라엔 도착할 수 있는 시간이다. 그래서 상당히 길게 느껴지지만 시뮬레이터 안에서 온갖 가상의 문제를 해결하려고 진땀을 빼고 나면 어느새 후딱 지나가버릴 만큼 정신이 하나도 없다. 그렇게 꾸준히 연습과 훈련, 복습을 해야만 파일럿이라는 직업을 유지할 수 있다.

머리와 눈으로 이해한 것을 가지고 완벽한 결과를 기대하는 것은 과한 욕심이다. 연습을 할 때는 인내가 필요하다. 한두 번의 연습으로, 눈과 머리로 하는 암기로 원하는 결과를 단숨에 얻을 수 있다면 세상에 어려운 일이 무엇이겠는가? 더 많은 연습을 필요로 하는 것일수록 이루어냈을 때 감동도 성취감도 큰 법이다. 힘들고 고된 훈련을 거쳐서 이루어낸 결과라야 선망의 대상이 될 수 있고, 나중에 '나는 이렇게 극복했노라.' 하고 자신 있게 말할 수 있는 것이다. 지금 비록 포기하고 싶을 만큼 힘든 훈련을 잘 극복하고 있다면 훗날 당신은 다른 사람들이 부러워하는 대상이 될 것으로 믿는다.

사람

★

나의 오른팔이자 왼팔이 되어주는 이분들이 없었다면, 이분들이 앞에서 끌고 뒤에서 밀고 옆에서 응원해주지 않았다면 지금의 나는 분명 없었을 것이다. 하지만 이런 귀인들이 어느 날 갑자기 하늘에서 뚝 떨어진 것은 아니다. 내가 먼저 그들에게 좋은 친구, 다정한 선후배, 믿음직한 동료가 되기 위해 노력했고 그렇게 맺어진 인연을 이어가기 위해 끊임없이 애를 썼다.

귀인은 어느 날 하늘에서
뚝 떨어지는 것이 아니다

중국 상하이에 살았을 때, 1년에 몇 번은 한국에 들어왔다. 하지만 언니, 오빠 들이 모두 결혼해서 가정이 있다 보니 한국에 와서도 가족과 보내는 시간보다는 친구나 선후배 들을 만나고 그들과 함께 보내는 시간이 많았다. 사실 상하이에서 일할 때보다 가끔 서울에 왔을 때 나는 훨씬 더 바빴다. 시간을 빠듯하게 쪼개서 써야 할 정도로 만나야 할 사람도 많고, 해야 할 일도 많았다.

서울에 살고 있는 지금은 언제든 만날 수 있다는 생각에 오히려 그때만큼 지인을 자주 챙겨서 만나게 되지 않는다. 어쩌면 해외에 살았던 환경 덕에 예전엔 서울에 올 때마다 지인들을 두루두루 만나고 인사를 했던 것인지도 모른다. 어떤 학교 동창은 같은 서울에 살아도 내내 안 만나다가 내가 서울에 들어온다는 것을 핑계 삼아 한 번씩 모이는 거라고 농담 삼아 말하기도 했다.

초등학교를 같이 다녔던 어린 시절 고향 친구부터, 중고등학교 친구, 대학 친구, 미술학원 친구, 사회에 나와서 인연이 닿은 지인들, 그리고 그동안 내가 다녔던 다양한 직장의 선후배들까지, 내 주변에는 상당히 많은 응원단이 있다. 그들과 친분을 유지해온 평균적인 기간을 계산해 보면 어림잡아도 15년은 될 듯하다.

사실 그들과 오랫동안 인연을 유지할 수 있었던 데는 인터넷의 발달이 한몫 했다. 연락처를 잃어버려 한동안 보지 못했던 친구들을 싸이월드나 페이스북 같은 인터넷 매체를 통해 다시 찾을 수 있었기 때문이다. 인터넷의 힘이 참 대단하다고, 인터넷이 있어서 그들을 다시 만날 수 있었으니 참 다행이라고 여겼다.

나는 한 번 맺은 인연은 비교적 오래 이어가는 편이고 그런 인연들이 지금의 내가 있기까지 끊임없이 응원해주고, 격려해주고, 이끌어주고, 손수 모범을 보여주었다. 그중 몇 분을 소개한다.

5년 동안 간직한 이름, 'J. Skilar'

파일럿이나 승무원이 투숙하는 호텔들은 대부분 항공사로부터 호텔에 투숙하게 될 승무원 명부를 미리 받는다. 2001년 내가 재직하고 있던 호텔에는 싱가포르 항공, 유나이티드 항공, 페덱스 등 외국 항공사의 승무원들이 주로 투숙했다. 나는 그때 단체 그룹 투숙객들의 체크인과 체크아웃을 담당하고 있었고, 승무원을 비롯해 파일럿들이 투숙할 방을 배정하는 일을 주로 맡았다.

나에게 조종사의 꿈을 갖게 한 페덱스의 여성 파일럿을 처음 만난 것도 바로 그 시기였다. 항공사로부터 미리 받은 투숙객 명단에는 '스킬라Skilar'라는 성과 이니셜 'J'만 간략하게 적혀 있었기 때문에 사실 그분을 체크인시키기 전까지는 여성이라는 사실을 전혀 눈치채지 못했다.

그 어떤 파일럿보다 당당하게 들어오는 그녀에게 한눈에 빠져든 후 나는 그분과 가까워지고 싶은 마음이 굴뚝 같았다. 하지만 체크인하는 그녀의 모습이 너무나 피곤해 보였기 때문에 길게 대화를 이어갈 수 없었다. 다음날 체크아웃할 때 다시 이야기를 나눠보자고 아쉬움을 달랜 뒤 메모지에 내가 아는 그분의 성함 'J. Skilar'를 적은 다음 체크인시켜 드렸다.

그러나 다음날 내가 호텔에 출근했을 때 스킬라는 이미 떠나고 없었다. 예정된 체크아웃 시간이 변경된 것이다. 언젠가 파일럿이 되어 그분을 찾으리라 다짐하며 그분의 성함을 적어놓은 메모지를 그때 지갑 안쪽에 깊숙이 넣어두었더랬다.

그로부터 5년 뒤, 미국의 항공학교에서 공부한 비행교관으로 경력을 쌓으러 중국에 가면서 페덱스에서 일하는 지인에게 이메일 주소라도 좋으니 그분의 연락처를 알아봐달라고 부탁했다. 다행히 그때까지 페덱스에서 기장으로 일하고 계셔서 회사 이메일 주소를 찾는 일은 어렵지 않았다. 중국으로 떠나오면서 그분에게 이메일을 보냈다.

기억하지 못하시겠지만 저는 5년 전 기장님을 보고 파일럿을 꿈꾸게 되었습니다. 지금 그 꿈을 키워 비행경력을 쌓기 위해 중국으로 갑니다.

스킬라 기장님에게서 메일로 답장이 왔다. 예상대로 나를 기억하시지 못했다. 하지만 내 메일을 받고 무척이나 반가워하셨다. 여전히 서울에도 비행을 가고, 상하이나 북경에도 비행을 간다며 다음에 중국에 갈 기회가 있을 때 꼭 한번 보자고 하셨다. 그분의 이름 이니셜 J가 'Janis'였다는 것도 그때 처음 알게 되었다. 그때부터 나는 그분을 '스킬라 기장님'이 아니라 '제니스'라고 부르고 있다.

내가 상하이에 있는 항공사에 여객기 파일럿으로 입사하게 된 것은 그로부터 2년이 지난 후였다. 2007년 5월 제니스가 상하이에 비행을 왔다.

서울 힐튼호텔에서 처음 그녀를 본 지 7년 만이다. 그녀는 내 모습을 모르고 있었다. 그녀를 보고 5년이 지나서야 '당신에게 영감을 받아 파일럿이 되기로 결심했다'고 고백했으니 내 모습을 모르는 것이 당연했다. 하지만 내 머릿속에는, 내 가슴속에는 그녀가 너무나도 또렷하게 남아 있어 단번에 그녀를 알아볼 수 있었다. 다시 만난 그녀는 내 기억 속의 기장님보다 머리 길이가 10센티쯤 짧아졌을 뿐 여전히 빛이 났다. 나는 곧바로 달려가 내가 바로 '앤지'라며 이산가족 상봉이라도 한 듯 그녀를 와락 끌어안았다.

나는 그녀에게 그녀를 처음 만난 이후 어떤 과정을 거쳐서 여객기 파일럿이 되었는지 밤 새도록 이야기했다. 지금 우리는 언니, 동생과도 같은 사이가 되어 이메일로라도 자주 안부를 묻고, 페이스북으로 사진을 공유하며, 크리스마스 때는 가족사진이 들어 있는 카드를 주고받으면서 지내고 있다. 내가 책을 쓴다는 메시지를 보냈더니, 그녀는 자랑스럽고 대견하다며 눈물이 난다고 했다. 나를 감동시켰던 그녀가 이제 나에게서 감동을 받는다니 '인연이란 우연한 만남을 귀인으로 만드는 것이구나!'라는 생각을 하게 된다.

'도전이란 이런 것'을 보여주신 제임스 베어

제니스로부터 처음 품게 된 파일럿의 꿈. 그러나 선뜻 도전하겠다고 마음먹은 것은 아니다. 내게는 만 29세라는 현실적인 나이 장벽이 있었고 호텔이라는 좋은 직장을 그만두어야 하는 두려움도 있었기에 많이 망설여졌다.

이때 나이에 상관없이 새로운 것에 도전할 수 있다는 것을 보여준 분이 있다. 고등학교 1학년 때부터 나의 영어 펜팔 친구가 되어준 제임스 베어James Bare이다. 88올림픽에서 우연히 인연이 닿은 뒤 지금까지 꾸준히 친분을 유지하고 있는데, 그분을 보면 나이란 정말 숫자에 불과하다는 것을 느끼게 된다.

그는 본래 IT 관련 회사에 다니고 있었다. 그런데 50세가 되었을 때 느닷없이 뉴욕에 있는 3년 과정의 한의대에 입학하셨다. 갈색 머리에 회색 눈동자를 가진 백인 아저씨가 한의학 공부를 하겠다는 것도 의외였지만, 그 나이에 새로운 것에 도전한다는 점이 나에게는 충격으로 다가왔다. 그 모습을 지켜보고 나니, 겨우 스물아홉 살의 나이에 도전을 망설이고 있는 내가 부끄러워졌다. 파일럿의 꿈을 이루기 위해 용기를 낼 수 있었던 까닭은 바로 그분의 도전을 옆에서 지켜보았기 때문이다.

힘을 주는 주술사, 수하르디

용기를 내서 도전했지만, 그 도전을 포기하지 않고 전진할 수 있었던 건 칭찬과 격려로 늘 나에게 힘을 주신 수하르디Budi Soehardi 덕분이다. 나는 그분을 마음으로부터 존경한다. 그분을 본받고 싶다는 생각을 늘 하고 있다.

그와의 인연은 내가 호텔에서 일할 때로 거슬러 올라간다. 수하르디는 인도네시아 출신의 싱가포르 항공 기장이었는데, 한국어를 유창하게 해서 꽤 인상 깊었다. 싱가포르 항공에서 일하기 전에는 10년간 한국에 있는 항공사의 기장으로 일했다고 한다. 그는 나를 볼 때면 늘 큰 소리로 "이쁜 아가씨! 안녕하세요?"라며 유쾌하게 인사를 한다.

내가 그분을 존경하는 이유엔 여러 가지가 있지만 무엇보다 200명이나 되는 아이들의 아버지 역할을 하고 계시기 때문이다. 그는 파일럿을 하면서 버는 돈으로 인도네시아 작은 섬에 사는 200명의 고아들을 먹이고 가르치신다. 그런 천사표 기장님이 이제 막 비행 공부를 시작한 나에게 "이쁜 기장님!" 하고 응원을 해주시니 좋아하지 않을 수 없었던 것이다.

미국에 비행을 갔다가 서울에 잠시 머무르게 되면, 일부러 나를 위해 비행에 관한 책을 사다주기도 하고, 공부하다가 모르는 것을 여쭈어보면 열정적으로 설명해주시곤 했다. 20년이 되도록 그분의 첫인사는 "이쁜 기장님!"이다. 전화도, 메일도, 오랜만에 만날 때도 그는 나를 그렇게 부르신다. 내가 정말로 파일럿이 될 수 있었던 건 어쩌면 파일럿이 되고 싶다고 마음먹었을 때부터 지금까지 그분이 나에게 걸어준 "이쁜 기장님!"이라는 주문 덕분일지도 모른다. 나는 그 주문의 효과를 톡톡히 보고 있다.

또 하나의 가족, 허버드 미국 대사 부부

오산 미 공군부대 에어로클럽에서 비행 공부를 하고 싶어서 2001년 10월 미국 대사관으로 직장을 옮겼을 때 내가 대사관에서 맡았던 임무는 대사님의 관저 비서였다. 그리고 입사한 지 두 달이 지난 2002년 1월 1일부터 오산에서 비행 이론 수업을 듣기 시작했다. 그러나 내가 모시던 허버드 대사 부부의 도움이 없었다면 아마 시작도 못했을 발걸음이었다.

보수적인 한국 사회에서 서른이 다 된 여자가 파일럿이 되기 위해 도전한다는 건, 계란으로 바위 치기와 같다. 하지만 내가 파일럿이 되고 싶다고 했을 때, 대사님 부부는 누구보다도 반가워하셨다. 그리고 흔쾌히 허락해주셨을 뿐만 아니라 물심양면으로 도와주셨다.

비행 실기 연습은 비행교관과 약속해서 주말에 해도 되지만, 이론 수업은 큰 교실에서 단체로 들어야만 했기에 시간을 내 맘대로 조율할 수 없었다. 3개월간 일주일에 이틀은 주중에 수업을 들어야 했는데, 내 퇴근 시간은 5시였고 수업 시작 시간은 6시였다. 미국 대사관이 있는 광화문에서 오산 공군부대까지 1시간에 주파하기는 웬만해선 어려운 일이다.

처음 대사님 부부에게 비행 공부를 허락받았을 때는 주중에 일을 하고 주말에만 비행 공부를 하겠다는 계획이었는데, 이렇게 되면 큰 차질이 생긴 셈이었다. 대사님께 이런 상황을 말씀드렸더니 수업이 있는 날은 1시간 일찍 퇴근하라고 배려해주셨다. 가끔 주말에 대사관저에서 파티나 행사가 있을 때 초과근무를 하는 것으로 대체하도록 해주신 것이다.

허버드 대사님은 한국에서의 임기를 끝으로 대사직을 정년 퇴임 하셨다. 두 분은 미국으로 돌아가신 후에도 여전히 나를 응원해주시며 파일럿이 된 나를 자랑스럽게 여기신다. 매년 내 생일이 돌아오면 잊지 않고 축하해주시고, 우리 가족의 안부를 물으시고, 대사님 가족의 소식도 일일이 전해주신다. 두 분은 나의 또 다른 가족이다.

중국인 아버지, 첸우밍

허버드 대사님 부부가 나의 미국인 부모님이라면, 첸우밍錢吳明은 나의 중국인 아버지시다. 그분은 내가 비행교관으로 일하던 중국의 항공학교에서 파일럿 시험관이자 학교의 고문으로 계시던 분이다. 과거에 중국 최대 항공사에서 보잉747기를 조종하다가 정년 퇴임 하셨다고 한다.

우리는 그분을 첸 교장님이라고 불렀다. 훌륭한 성품 덕에 그분 주위엔 언제나 사람이 많았고, 중국 항공계에서 그분을 모르는 사람이 없을 만큼 인맥도 넓으시다. 그런 분이 내가 중국 비행학교에서 비행교관으로 일할 때 전례에 없던 우수 교관 표창장을 만들어주셨고, 자신의 친조카를 제자로 맡길 만큼 나를 신뢰하셨다.

중국에서 비행교관으로 일하던 시절, 첸 교장님은 북경에 살고 계셨지만 가끔 교관이나 학생 들의 비행 실기 시험을 봐주기 위해 학교가 있는 네이멍구 바오터우에 오셨다. 그분이 오시면 학교와 항공 관계 고위직 인사, 경력이 많은 중국인 교관 들이 함께 참석하는 만찬 자리가 열리곤 했다. 첸 교장님은 그때마다 나를 불러주셨다. 그런 자리를 통해 나는 한결 편하게 중국인들과 친해질 수 있었던 것 같다. 만일 그런 기회가 없었다면 아마도 대부분의 시간에 외국인 교관들과 몰려다녔을 테고, 그러면 중국 현지 문화에 적응하는 속도가 한참 더뎠을지도 모르겠다.

인맥이 넓으신 첸 교장님은 내 전 직장이자 첫번째 에어라인이었던 지샹항공사에 나를 적극 추천해주시기도 했다. 그때 나를 항공사에 보내면서 하셨던 말씀이 있다.

"안지女志, 내 영어 이름인 앤지의 중국어 발음, 우리는 너를 학교에 계속 붙잡아두고 싶지만, 네가 가고 싶다면 보내줄게."

그러면서 나를 채용한 중국 지샹항공사 치프 파일럿에게 당부의 말씀도 잊지 않으셨다.

"우리 안지, 보내기 아까운 인재인데 보내는 거니까 잘 보살펴주어야 해요!"

그분의 도움이 있었기에 제트기 경력이 없는 외국인 조종사임에도 최초로 중국 항공사에 입사할 수 있었던 것이다. 지샹항공사는 나를 부기장으로 채용해서 회사 비용으로 제트기 교육을 시켜주었고, 그 과정이 지금의 기장 자리에 이르게 된 발판이 되었다.

내가 상하이로 거처를 옮겨 맞이한 첫 설날, 첸 교장님이 나를 고향 집에 초대해주셨다. 90세가 넘은 아버님과 그분의 조카이자 내 제자가 있는 집이다. 상하이에서 차로 약 2시간가량 떨어진 곳에 위치해 있는데, 거기에서 첸 교장님 가족과 함께 설날을 맞이하게 되어 상하이에서의 첫 겨울이 따뜻하게 기억된다.

첸 교장님은 상하이에 오실 때마다 그분을 위해 마련된 만찬 자리에 나를 불러주셨다. 그러고는 비행하는 데 어려움은 없는지 자상하고 꼼꼼하게 챙겨주셨다. 그분 덕분에 낯선 중국 땅에서 외국인 여자 조종사로서 전에 없던 길을 개척해나가는 시간이 외롭거나 두렵지 않았다.

은인이 되어준 제자, 장밍

제트기 경력이 없음에도 중국 항공사에 입사할 수 있게 도움을 준 사람이 한 분 더 있다. 다름 아닌 장밍章明이라는 내 제자이다. 제자라고 하지만 나보다 나이가 많다.

그는 조종훈련생으로 항공학교에 오기 전 항공사에서 경영 매니저를 했다고 한다. 그러다가 파일럿으로 전향하고 싶어서 내가 교관으로 일하던 항공학교에 학생으로 온 것이다. 그러니 나이로만 따지자면 나보다 몇 살은 많은 오빠였다.

사실 처음부터 장밍이 내 제자였던 건 아니다. 장밍의 교관은 중국인이었는데 그 교관이 일주일간 출장을 가게 되면서 내가 잠시 임시 교관을 맡게 되었다. 그때까지도 나의 중국어 실력은 형편없었으나 장밍이 영어를 유창하게 했기 때문에 가능했던 일이다.

일주일간 나와 함께 비행 실기 수업을 해본 장밍은 학교를 졸업할 때까지 내가 그의 교관이 되어주었으면 좋겠다고 했다. 내가 가르치는 수업 방식이 그와 잘 맞았나 보다.

그러던 어느 날 비행 실기 수업을 맡아 가르치고 있던 학생들 대여섯 명과 함께 한국 식당에 밥을 먹으러 갔다. 우리는 밥을 먹으면서 이런저런 수다를 떨었다. 그때 나누던 말 중에 내가 지상항공사에 지원했는데, 연락이 없어 8개월째 소식을 기다리고 있는 중이라고 했다. 그 말을 들은 장밍이 "그래? 나 그 항공사의 치프 파일럿하고 아주 친해. 거의 형제지간이나 다름없어. 잠깐만 기다려봐." 하면서 그 자리에서 바로 전화를 걸어주었다.

바로 그 다음날, 지상항공사 인사부로부터 전화가 왔다. 언제 면접을 보러 올 수 있느냐는 것이다. 그로부터 며칠 뒤 나는 상하이에 면접을 보러 갔고 그것이 나와 지상항공사가 본격적으로 인연을 맺게 된 계기가 되었다.

고마워, 친구야

　내가 가장 심적으로 불안하고 힘들었던 시절은 아무래도 엄마를 잃고 나서 그 빈자리에 적응해가던 중학교 3년간이었다. 투병 생활을 하느라 엄마가 집을 떠나 계셨던 건 초등학교 4학년 때부터였지만, 그때는 혼자 밥을 짓고 빨래를 하고 청소를 하고 서툰 살림을 할지언정 나에게도 엄마가 계셨다. 하지만 엄마가 돌아가신 후에는 아픈 엄마마저도 없다는 사실에 막막한 마음뿐이었다.

　언니, 오빠 들이 있었지만 각자 결혼해서 어린 조카들을 키우느라 바빴다. 그래서 그 시절 나에게 가장 버팀목이 되어준 사람들은 바로 나의 말에 귀 기울여주고 내 손을 꼭 잡아주었던 학교 친구들이었다.

　내 키는 중학교 3학년 즈음이 돼서야 갑자기 자라기 시작했고 초등학교와 중학교 시절 내내 키가 작았던 나는 내 작은 키가 너무나 싫었다. 하지만 지금은 그 시절을 감사히 여기고 있다. 이 모두가 중학교 2학년 때의 단짝 친구 승희 덕분이다. 키 순서대로 자리에 앉던 그 시절 승희와 나는 고만고만한 키라서 언제나 옆이나 앞뒤로 붙어 앉았다. 중학교 2학년 때의 모든 기억을 공유할 수 있는 특별한 친구를 얻게 되었으니 오히려 내 작은 키에 감사하지 않을 수 없다.

34년의 세월이 흐른 지금도 그녀와 나는 여전히 앞뒤에 앉아 재잘대듯 문자메시지를 주고받으며 이야기를 나눈다. 어느 날 느닷없이 그녀에게 "그 시절에는 작은 키가 그렇게도 싫더니 지금은 너무 고맙네."라고 말했다. 그러자 그녀는 익살스럽게 답했다. "그때 내 키가 작아서 고맙다고? 헤헤헤."

중학교 3학년 때는 은숙이라는 친구가 있었다. 마흔을 훌쩍 넘긴 지금에서야 그녀는 "나 사실은 그때가 가장 힘들었어."라고 고백했다.

"우리는 매일 같이 있으면서도, 각자 힘든 시간을 보내면서도 말을 못했지. 하지만 같이 있는 것 자체가 위로였어."

그녀가 하는 말에 나는 왈칵 눈물이 쏟아졌다. "고마워."라는 말밖에 뭐라 할 말이 없었다.

중학교 1학년 때의 기억을 통째로 가지고 있는 친구는 혜정이다. 시골 마을 작은 초등학교를 졸업하고 한 학년에 열 반, 한 반이 70명 남짓 되던 시내 큰 중학교에 입학했을 때 나는 굉장히 기가 죽었다. 키 순서대로 줄을 서서 강당에 들어가는데, 뒤에 있던 여학생 둘이 내 머리와 옷을 잡아당기고는 내가 곤란해하는 모습을 보이자 재밌다며 낄낄대고 웃었다. 그때 한 정의로운 아이가 나타나 그 두 학생을 나무라며 내 편이 되어주었다. 그 뒤로 우리는 1년 내내 정말 꼭 붙어다녔다. 2학년이 되고 반이 바뀌었을 때는 쉬는 시간마다 그녀의 교실 창문을 얼씬거리던 열네 살의 내가 아직도 눈에 선하다. 40대가 된 지금, 그녀는 "고 마워."라고 말하는 내게 답한다.

"친구는 그런 거야. 늘 옆에서 묵묵히 있지만 느닷없이 따뜻하고 고 마운 거."

이렇게 소중한 친구들이 있지만, 사실 40대가 되도록 그들과 끊임없 이 우정을 나눠온 것은 아니다. 각자 사는 게 우선이었고 뒤를 돌아볼 여유가 없었다. 지금 당신 주변에서 당신의 귀가 되어주는 친구가 먼 훗날 눈물이 날 만큼 고마워할 친구라는 걸 당신도 알게 될지 모르겠 다. 깨달음은 늘 늦게 찾아오는 거니까.

나의 오른팔이자 왼팔이 되어주는 이분들이 없었다면, 이분들이 앞 에서 끌고 뒤에서 밀고 옆에서 응원해주지 않았다면 지금의 나는 분명 없었을 것이다. 하지만 이런 귀인들이 어느 날 갑자기 하늘에서 뚝 떨 어진 것은 아니다. 내가 먼저 그들에게 좋은 친구, 다정한 선후배, 믿 음직한 동료가 되기 위해 노력했고 그렇게 맺어진 인연을 이어가기 위 해 끊임없이 애를 썼다.

과거 국무총리를 지낸 정운찬 전 서울대 총장님은 동반성장연구소 를 설립하며 "더불어 잘사는 나라가 되려면 동반성장이 불가피하다. 함께 가야 멀리 간다."고 강조하셨다. 주변을 한 번 돌아보자. 분명 인 생길의 동반자가 되어줄 소중한 인연들이 있을 것이다. 전화 걸기가 어색하다면 오늘 그들에게 문자메시지 한 통이라도 전송해보는 것은 어떨까?

하나보다 못한
둘은 없다

1990년대 말, 호텔에서 일하던 시절 라디오에서 우연히 과천 경마장에 있는 승마원에서 무료로 승마 교육을 시작한다는 광고를 듣게 되었다. 선착순으로 신청을 받아서 2개월간 이론과 실기 교육을 함께 시켜준다는 것이다. 나는 이 강습을 받고 싶어서 광고에 나온 대로 지원 마감 시간에 맞추어 승마원에 갔다. 그런데 이게 웬일인가? 어찌나 많은 사람이 와 있던지 늘어선 줄이 앞이 안 보일 정도로 길어서 혹시나 하는 기대조차 가질 수 없을 정도였다.

다음 달 2기생 선착순 모집날에는 방석을 들고 새벽같이 나섰다. 아마 9월쯤 되었던 것 같은데, 방석을 깔고 앉아 몇 시간을 기다리면서 내가 순위 안에 들어가는지 안 들어가는지 몇 번이고 머릿수를 세어보았다. 그렇게 기다려서 결국 나는 무료 강습에 등록하고야 말았다.

무료 강습으로 승마를 배우긴 했지만 한국에서 승마를 취미로 즐기기에는 나의 경제적인 여건이 따라주지 못했다. 하지만 그렇게 승마를 배워두었기에 그로부터 몇 년이 지나 중국 네이멍구 바오터우에서 비행교관을 할 때 조랑말을 실컷 타볼 수 있었다. 그것도 한국에서처럼 모래가 깔린 원형 승마장에서가 아니라 드넓은 초원에서 자유로움을 제대로 만끽하면서 말이다. 그때 나는 비로소 알았다. 다른 생명체와 하나가 되어서 함께 움직인다는 것이 얼마나 큰 환희를 안겨주는지를….

승마가 다른 스포츠보다 어려운 이유가 바로 그 때문이다. 승마는 절대로 선수만 잘해서 할 수 있는 운동이 아니다. 말이 통하지 않는 동물과 교감을 이루어 완성된 움직임을 만들어낼 수 있어야 승마라는 스포츠를 제대로 즐길 수 있다.

그런데 이는 비단 승마뿐만이 아니다. 교감을 이루고 꿍짝이 맞아야 과정도 순조롭고 결과도 만족스러운 일들을 우리는 주변 어디에서나 흔히 볼 수 있다. 비행에서도 마찬가지다.

기장과 부기장

우리가 흔히 생각할 때, 비행기를 조종하는 사람은 파일럿 한 사람이라고 생각한다. 설령 조종실에 두 명의 파일럿이 탑승하는 것을 알고 있더라도, 기장을 맡은 파일럿이 조종간을 잡고 부기장인 파일럿은 그저 기장을 돕는 보조 역할을 한다고 생각하기 쉽다. 자동차 운전도, 지하철이나 열차 운전도, 모두 혼자서 하니 그렇게 생각할 법도 하다. 하지만 비행기 조종에서만큼은 예외이다.

여객기 비행을 하려면 두 명의 조종사가 필요하다. 하나는 PF_{Pilot Flying}, 즉 조종간을 잡은 사람이고 다른 하나는 PNF_{Pilot Not Flying} 또는 PM_{Pilot Monitoring}, 즉 조종간을 잡지 않는 사람이다. 이렇게 각각 두 역할을 맡은 조종사 2인에 의해 비행이 이루어진다.

PF와 PNF, 또는 PM의 역할은 그날의 상황에 따라 두 파일럿이 상의해 결정한다. 물론 공항의 사정이나 파일럿의 경력에 따라 비행경력이 더 많은 기장이 PF를 맡는 경우도 있다. 예를 들어 제주도나 중국 다롄 공항처럼 바람이 세고 풍향이 고르지 못한 공항에 비행을 갈 때는 비교적 비행경력이 많은 기장이 PF를 맡는다. 중국 서부처럼 공항의 고도가 2천 미터에 달하는 고원지대에 비행을 가는 경우에도 부기장보다는 경력이 많은 기장이 주로 PF를 맡는다. 낮아진 공기 밀도로 인해 비행기 엔진 성능이 떨어질 수 있기 때문이다. 즉 비행 기술이 섬세하게 구사돼야 하므로 경력이 많은 기장이 PF를 맡는 것이다. 하지만 이같이 특수한 상황이 아닌 경우에는 이착륙 연습을 하기 위해서라도 부기장이 PF를 맡는다.

그러나 역할을 나누는 것 이상으로 비행 기술에서 중요한 것은 두 조종사 간의 호흡이다. 'CRM_{Crew Resource Management}'이라고 부르는 이 항공 용어는 쉽게 풀어서 말하면 두 조종사가 자신의 역할을 얼마나 잘 이해하고, 얼마나 충실히 이행하는가 하는 문제로 귀결된다. 20년 전만 하더라도 항공업계에는 CRM이라는 개념이 제대로 자리잡지 못해서 많은 항공사고가 일어났다. 사실 항공사고는 비행기의 기체 결함보다 파일럿의 실수에 의해 일어나는 경우가 훨씬 많은데, 이를 줄이기 위해 발전된 것이 바로 이 CRM이라 할 수 있다. 실제로 CRM이 항공사마다 도입되자 항공사고가 현저히 줄었다는 통계도 있다. 이는 파일럿 혼자서 모든 것을 수행하는 비행보다 각자의 역할을 나누어 협조하는 비행이 완벽에 가깝다는 것을 의미한다.

푸시 백

'날아다니는 호텔'이라 불리는 에어버스380! 별명처럼 1층과 2층 모두 비즈니스석으로 만들어진 어마어마한 여객기이다. 하지만 이 최첨단 비행기가 경자동차도 스스로 하는 후진을 하지 못한다는 사실을 알고 있는가?

비행기의 바퀴는 비행기 엔진이 앞으로 나아가는 추진력에 의해 저절로 굴러갈 뿐이다. 즉 자기 동력에 의해 스스로 움직이는 것이 아니

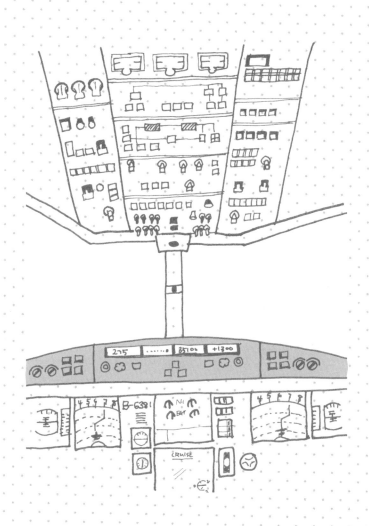

라 누군가의 도움에 의해 움직여지는 것이다. 앞으로만 갈 수 있을 뿐 스스로 후진은 할 수 없는 이 어마어마한 최첨단 호텔 비행기가 그 간단한 후진을 하려면 '토잉 카towing car'라는 작은 전용차의 도움이 절대적으로 필요하다.

게이트에서 비행기의 엔진을 켜고 스스로 추진해서 나아갈 수 있는 방향까지 토잉 카가 앞에서 끌고 뒤로 밀어주는 것을 '푸시 백push back'이라고 한다. 비행기는 토잉 카가 푸시 백을 해줘야만 자신의 길을 찾아갈 수 있고, 날개를 펴서 하늘로 날아갈 수 있다. 그래서 나는 이 작은 차가 저보다 몇 십 배나 큰 비행기를 앞에서 끌고 뒤로 미는 모습을 보며 아이러니하다는 생각을 한다. 저 조그만 차에게 덩치 큰 여객기들이 자기 먼저 푸시 백을 해달라고 아우성이라니. 실제로 가끔은 토잉 카가 부족해서 여러 대의 여객기들이 꼼짝 못하고 발이 묶여 있기도 한다.

함께 사는 세상이다. 아무리 작고 하찮아 보여도 중요하지 않은 것이 없다. "조연 없는 주연 없다."는 말도 그냥 하는 소리가 아니다. 축구, 야구, 농구, 배구 등 둘 이상 하는 스포츠에서도 팀워크는 생명이다. 부기장 없이는 아무리 잘난 기장이라도 혼자서 비행할 수 없고, 객실 승무원 없이 파일럿만으로는 여객기 운항이 이루어질 수 없다.

세상에 완벽한 사람은 없다. 혼자서 모든 것을 완벽하게 잘하려고 애쓸 필요 없다. 하나보다 못한 둘은 없기 때문이다. 서로 협조하며 호흡을 맞추고, 머리를 맞대고 가슴으로 뭉치며 열정을 나누어야 비로소 두려움도 사라지고 더 큰 자신감도 생긴다.

중국 네이멍구 바오터우의 그 시골 초원에 있던 승마원 아저씨는 낙마하는 데는 이유가 있다고 말씀하셨다.

"말이 사람에게 종속됐다고 생각하면 안 된다. 말의 눈을 읽어주어라. 말의 움직임을 읽고 말의 호흡을 들어주어라. 말이 슬프면 나도 슬프고, 말이 아프면 나도 아프고, 말이 즐거우면 나도 즐거워야 진정한 승마를 하게 되는 것이다."

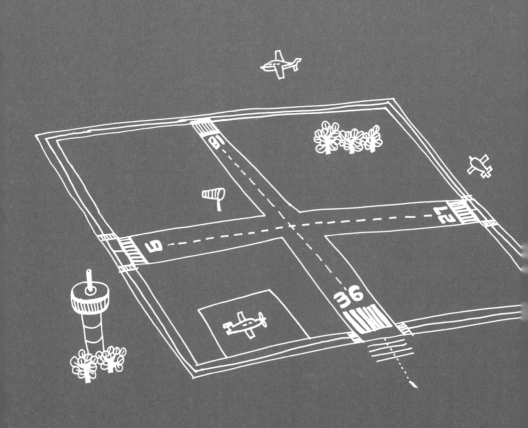

약속

★

나는 '하라는 것'과 '하지 말라는 것'을 비교적 잘 지키는 편이다. 준법정신이 투철해서가 아니다. '하지 말라는 것'을 해서 무언가 문제가 생겼을 때 그 뒤치다꺼리를 해줄 사람이 나 자신 외에는 없기 때문이다. 규정을 잘 지키면 발생하지 않을 문제가 지키지 않아서 생겼을 때, 나는 그 문제를 해결할 힘도 백도 없다. 믿을 수 있는 것은 나 자신밖에 없기 때문에 나는 나 자신을 지키기 위해서 규정을 잘 지키는 것이다.

나를 지키는
최고의 방법

'지금 이 순간 하늘에 떠 있는 비행기는 도대체 몇 대나 될까?' 나는 가끔 비행을 하면서 이런 생각을 하곤 한다.

인천공항에는 활주로가 3개 있다. 김포공항에는 2개, 세계에서 항공 교통량이 가장 많기로 소문난 미국의 뉴욕 존에프케네디 공항에는 4개, 아시아에서 가장 바쁜 공항으로 손꼽히는 홍콩 첵랍콕 공항, 싱가포르 창이 공항, 상하이 훙차오 공항에는 활주로가 2개 있다. 상하이의 또 다른 공항, 푸둥 공항에는 활주로가 4개 있다.

다른 비행기들과 차례로 줄을 서서 관제탑의 이륙 허가를 기다리고 있다가 갑자기 호기심이 발동했다. 일정한 시간 동안 한 활주로에 몇 대의 비행기가 뜨고 내리는지 갑자기 궁금해진 것이다. 시간을 재면서 이착륙하는 비행기의 숫자를 세어보았다. 4분 동안 한 대가 착륙하고 세 대가 이륙했다. 평균 1분에 한 대씩 뜨고 내린 셈이다. 모든 활주로 에서 이렇게 1분에 한 대씩 비행기가 이착륙하지는 않더라도 엄청난 교 통량이라는 생각이 들었다.

지금 인천공항에 있는 3개의 활주로만 해도 교통량이 적은 자정 이 후 시간을 제외하면 평균 2~3분 간격으로 비행기 한 대가 뜨고 내린 다. 양쪽 활주로에서 동시에 이착륙할 때도 있다. '도대체 이 하늘에는 몇 대의 비행기가 동시에 날고 있는 거야?' 하는 궁금증이 생기지 않을 수 없다.

그런데 이렇게 수많은 비행기들이 동시에 하늘을 날고 있으면서도 비행기들은 서로 부딪히지 않고 참 잘도 날아다닌다. 사실 우리가 올 려다보는 저 하늘, 그저 아무것도 그려져 있지 않은 파란 캔버스 같아 보이는 저 하늘에는 우리 눈에 보이지 않는 많은 약속들이 있다. 거기 에는 아파트처럼 층도 나뉘어져 있고, 큰 길과 작은 길도 정해져 있고, 들어가고 나가는 하늘 문도 미리 정해져 있다.

비행고도

층에 대한 이야기를 해보자. 비행기가 관제사로부터 비행하도록 지시받는 고도는 기본적으로 1천 피트 단위로, 비행기의 머리 방향이 0~179도까지 동쪽 방향으로 비행하는 경우에는 홀수 고도, 180~359도까지 서쪽 방향으로 비행하는 경우에는 짝수 고도에서 비행한다. 쉽게 말해 동쪽 방향으로 비행할 때 고도를 3만3천 피트 또는 3만5천 피트로 유지해야 한다면, 서쪽 방향으로 비행할 때는 3만4천 피트 또는 3만6천 피트로 유지하는 식이다. 비행기들이 하늘에서 지켜야 할 이 같은 약속은 항공법으로 정해두고 있는데, 그 목적은 서로 상반된 방향으로 비행하는 비행기들 사이의 충돌 가능성을 줄이기 위한 것이다.

그러나 비행 방향에 따라 고도를 다르게 한다고 해서 충돌 가능성이 완전히 없어지는 것은 아니다. 오르락내리락하는 비행기도 있고, 파일럿이 실수를 할 수도 있고, 비행기 고도 계기판 장치에 오류가 날 수도 있다. 그래서 항공업계 관련 과학자나 기술자 들은 발생 가능한 비행사고를 최소화하고자 늘 끊임없이 연구하고 새로운 것을 발전시키기 위해 노력한다. 이런 노력에 의해 만들어진 것 중 하나가 '트랜스폰더 transponder'이다.

트랜스폰더는 자신이 있는 곳을 기준으로 반경 약 150킬로미터 안의 공간에서 비행하는 비행기들의 고도, 위치, 비행 진행 방향 등을 계기

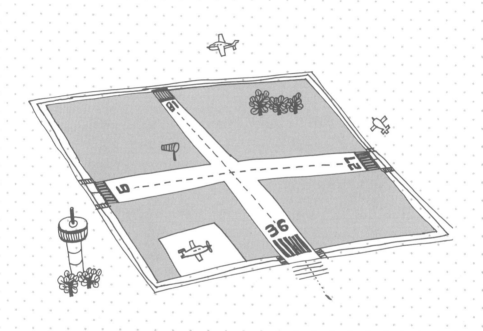

판 혹은 관제사의 모니터에서 볼 수 있도록 만든 장치이다. 이밖에 주변 비행기의 진행 방향이나 진행 속도로 봤을 때 비행기들이 충돌할 가능성이 있으면 "트래픽! 트래픽!Traffic! Traffic!" 하는 음성 경고가 나오면서 해당 비행기를 조종하는 파일럿들에게 주의를 주는 '트래픽 어드바이서리traffic advisory'라는 장치도 있다. 이 장치는 비행기들의 충돌을 피하기 위해 한쪽 비행기에는 상승하기를 요구하고, 다른 비행기에는 하강하기를 요구하기도 한다.

이쯤 되면 하늘에서 그 많은 비행기들이 충돌하지 않고 날아다니는 원리가 이해될 것이다. 하지만 아무리 잘 만들어진 항공법이라도, 혹은 성능이 탁월한 장치라도 잘 지켜지거나 사용되지 않는다면 무시무시한 불상사로 이어지기 쉽다. 생각만 해도 아찔한….

비행사고로 사망한 학생

중국 항공학교에서 비행교관으로 일할 때의 일이다. 학생 수에 비해 비행 실습을 할 수 있는 여건이 부족해지자 학교는 일부 학생들을 미국으로 유학 보냈다. 이렇게 미국으로 유학 간 학생 중에 소위 학교 측에서 '하지 말라는 것'을 하다가 생명을 잃게 된 불행한 사건이 있었다. 그 사건의 전말은 이렇다.

항공학교의 교육과정 중에는 '솔로 비행'이라는 것이 있다. 처음 비행 실습을 나갈 때는 교관이 함께 타지만, 어느 정도 비행이 익숙해지면 학생 혼자서 비행해야 하는 것이다. 솔로 비행을 할 때는 말 그대로 혼자 비행기에 타야 한다. 교관은 물론 두 살배기 어린아이라 할지라도 동승하는 사람이 있다면 절대 솔로 비행이 될 수 없다. 이런 솔로 비행은 파일럿 면허증을 따기 전에 꼭 거쳐야 하는 과정이며, 전체 교육 과정 동안 여러 번 하게 된다.

그런데 중국에서 미국으로 유학 온 학생 중에 이 규정을 어겨 아까운 목숨을 잃게 된 사건이 있다. 솔로 비행을 하기로 되어 있던 그 학생은 아무도 보는 사람이 없으니 누군가를 옆에 태워도 들킬 염려가 없다고 생각했다. 그래서 친구를 불러 몰래 태우고 비행을 나갔다. 그 비행은 목적지에 도착해서 다시 주유를 하고 출발지였던 학교로 돌아오는 여정이었는데, 사건은 목적지에 도착했을 때 일어났다.

목적지에 도착하자 '하지 말라는 것'을 한 두 학생은 누군가에게 들켜서는 안 된다는 두려운 마음이 컸던 모양이다. 그래서 비행기가 착륙한 뒤 멀리서 주유 차량이 다가오자 당황한 나머지 비행기 엔진도 끄지 않은 채 프로펠러가 여전히 돌아가고 있는 상태인데도 서둘러 한 학생이 뛰어내렸다. 문제는 프로펠러 속도가 너무 빨랐다는 데 있다. 선풍기도 날개가 빨리 돌아가면 보이지 않듯이 프로펠러도 빨리 돌아가면 잘 보이지 않는다. 빨리 숨어야 한다는 생각에 판단력을 상실한 그 학생은 미처 프로펠러를 생각하지 못한 채 프로펠러 방향으로 걸어들어 갔고, 결과는 너무나 참혹했다. 엄청난 속도의 프로펠러에 '쿵' 하고 부딪혀 그 자리에서 숨을 거둔 것이다. 파일럿의 꿈을 안고 그 먼 미국 땅에 가서 '하지 말라는 것'을 하다가 그렇게 되어버린 것이다.

두 학생은 알고 있었다. '하지 말라는 것'을 했기 때문에, 그것이 부끄러운 줄 스스로 알고 있었던 것이다. 그 부끄러운 일을 보이지 않으려고, 들키지 않으려고 하다가 그렇게 큰 변을 당하게 된 것이다.

나는 '하라는 것'과 '하지 말라는 것'을 비교적 잘 지키는 편이다. 준법정신이 투철해서가 아니다. '하지 말라는 것'을 해서 무언가 문제가 생겼을 때 그 뒤치다꺼리를 해줄 사람이 나 자신 외에는 없기 때문이다. 규정을 잘 지키면 발생하지 않을 문제가 지키지 않아서 생겼을 때, 나는 그 문제를 해결할 힘도 백도 없다. 믿을 수 있는 것은 나 자신밖에 없기 때문에 나는 나 자신을 지키기 위해서 규정을 잘 지키는 것이다.

운전자가 교통법규를 지키지 않으면 면허가 정지되거나 취소되듯이, 파일럿도 고의였든 실수였든 어떤 오류를 범하면 한순간에 면허가 정지되거나 취소될 수 있다. 어떻게 얻은 면허증이며 비행경력인데 한순간에 모든 것을 잃도록 경솔한 행동을 하겠는가? 그래서 더욱 규정을 잘 지키고 일부러 떠올리지 않아도 규정이 자연스럽게 몸에 배도록 노력하는 것이다.

'하라는 것'과 '하지 말라는 것'을 잘 지키는 것은 규정을 잘 지키는

것이 아니라 나를 지키는 것이다. 그것은 나와의 약속을 잘 지키는 것,
나를 지키는 최고의 방법이다.

우리는 국가대표

　　　　　　　　　　　　해외에 나가면 모두가 애국자가 된
다. 태극기를 봐도 반갑고 지나가다가 한국 노래가 흘러나와도 반갑고
자랑스럽다. 요즘엔 BTS의 노래가 가는 곳마다 흘러나와 대한민국의
위상을 더욱 실감할 수 있다.

　얼마 전 비행으로 베트남의 냐짱Nha Trang, 나트랑에 갔을 때, 그곳에 있
는 해변 카페에서도 BTS의 음악이 흘러나왔다. 우리 일행은 신이 나서
몸을 들썩이고 리듬을 따라 발을 구르며 노래를 자랑스럽게 따라 불렀
다. 주변에서 쳐다보는 시선이 창피하기보다 오히려 즐겁기까지 했다.

　'너넨 이거 못 따라부르지? 봐봐, 이거 우리나라 노래야!'

　그렇게 우리는 어깨를 우쭐대며 무언가 대단한 것을 할 줄 아는 양
자랑스러워했다.

내가 중국에서 비행하던 시절에는 고국에 대한 그리움이 더 컸다. 비행을 하다가 중국 각지의 공항에서 한국 항공사의 비행기를 보면 그렇게 반가울 수 없었다.

비행기를 파킹한 후 가까운 곳에 한국 비행기가 있기라도 하면 그 비행기의 조종사와 인사라도 하고 싶어 기회를 흘깃 엿보기도 했다. 하늘에서 비행하다가 한국 비행기의 교신 소리가 들려도 반갑기는 매한가지였다. 실제로 비행 초기에는 한국 비행기의 교신을 듣다가 신기하고 반가운 마음에 관제탑을 비롯한 다른 비행기들이 다 듣는 주파수에 대고 그 비행기 조종사에게 말을 건네며 반가운 마음을 그대로 드러낸 적도 있다.

비행을 나가기 전에 조종사는 비즈니스 클래스에 탑승하는 승객의 명단을 미리 볼 수 있는데, 가끔 한국인 이름이 보이면 나는 가족이라도 만난 듯 신이 나서 순항고도에 올랐을 때 살짝 객실로 나가 인사를 했다. 그러면 그분들도 하나같이 "조선족이에요? 아니, 이 중국 항공사에 한국인 조종사가 있었어? 그것도 여성이? 아유, 반갑네! 자랑스러워요!" 하시며 나를 반겼다. 그 말 한마디에 더 일할 맛이 났다.

대장금

중국 네이멍구 바오터우에서 비행교관으로 일할 무렵, 중국에서는 한국 드라마 〈대장금〉이 큰 인기를 끌고 있었다. 바오터우는 사막이 반, 초원이 반인 시골 도시였기 때문에 한국인이 그리 많이 살지 않았다. 그런데도 조선족이 차린 몇 안 되는 한국 식당마다 〈대장금〉 포스터가 붙어 있었고, 만나는 중국인마다 내가 한국인이라고 하면 〈대장금〉을 본 적 있느냐며 물어오곤 했다. 그들에게 〈대장금〉은 곧 한국이었던 것이다.

나는 바오터우의 항공학교에서 일하는 유일한 한국인 여성이었다. 그래서 학교 사람들은 나를 보면 장금이를 보듯 좋아했고 급기야 나를 '대장금'이라는 애칭으로 부르곤 했다.

학생을 태우고 비행 실습을 나갔다가 다시 바오터우 공항으로 돌아오려면 미리 관제탑과 교신해서 공항에 들어갈 수 있도록 허가를 받아야 한다. 사방 어디를 둘러보아도 누런 모래 산이 차지하고 있는 바오터우의 비행 연습 지역은 유난히 더 삭막하고 메말라 보였다. 학생과 비행 실기 연습을 하는 동안 입이 마르도록 반복해서 말을 했기 때문에 공항으로 돌아올 때면 온몸이 노곤해졌다. 그때 내 고단함을 따뜻하게 녹여준 관제탑의 한마디가 있다.

"대장금 돌아왔니? 비행 잘 했니? 대장금, 어서 와."

그들에게 나는 한국이고 대장금이었다.

팔은 안으로 굽는다

내가 상하이에 살던 때의 일이다. 어느 날 미국에 우편물을 보낼 일이 생겨서 집 근처 우체국에 가려고 늦은 오후 옷을 주섬주섬 챙겨 입고 길을 나섰다. 마침 그때 며칠 전부터 공사를 하는가 싶더니 집 앞에 상점들이 줄지어 있는 상가에 작은 한식당이 새로 문을 연 것을 발견했다. 반가운 마음에 스마트폰을 꺼내들어 사진을 찍고 한국에 있는 친구들에게 우리 집 근처에 이런 게 생겼다며 자랑을 했다. 외부 간판도 찍고, 창문에 붙은 메뉴도 찍고, 바짝 붙어서 내부 모습도 찍었다. 'Bibimbap비빔밥'이라고 쓰인 메뉴가 그렇게 반가울 수 없었다.

우체국으로 발걸음을 옮기는 동안 한국 친구들과 스마트폰 채팅을 하며 이따가 먹어보고 맛을 알려주겠다고 한껏 우쭐했는데, 시간이 지날수록 가슴 한쪽이 짠해졌다. 왜 그런가 하고 내 마음을 들여다보니 실내 인테리어도 아담하고 예쁜데 손님이 하나도 없는 것에 신경이 쓰인 것이다. 그 식당 옆에 있는 일본식 규동집은 식사 때가 되면 자리가 없어 모르는 사람과 한 테이블에 앉아야 할 만큼 장사가 잘 되었기에 더욱 안쓰러운 마음이 들었던 것 같다.

우체국에서 볼일을 마치고 돌아오는 길. 나는 나란히 있는 이 두 식당을 차례로 들여다보았다. 그러다가 대박 규동집에 얼마나 손님이 있는지 비빔밥집 비밀 요원이라도 된 것처럼 기웃거렸다. 저녁 식사를 하기에는 좀 이른 시간이라 대박 규동집도 텅 비어 있었다. 그제야 내 맘이 좀 편해졌다.

"너도 해외 나가 살다 보면 내 맘 알 거다!"

옆에 비빔밥집이 생기기 전에는 자주 이용했던 규동집이었건만, 그 뒤로는 규동집 영업이 비빔밥집보다 잘 되는 꼴은 못 볼 것 같았다. 팔은 안으로 굽는 법!

국가대표

상하이에 살던 집 앞에 조그만 동네 미용실이 있다. 직원이라고 해봐야 주인 부부를 포함해서 겨우 서너 명이 될까 말까 한 작은 미용실이다. 나는 그 집에 헤어트리트먼트 제품을 사서 두고 다니며 가끔 서비스를 받았다. 그러던 어느 날 고객들의 트리트먼트 제품을 진열한 선반을 우연히 보게 되었다. 그런데 내 것에는 이름 대신 '한국韓國'이라고 한자로 적혀 있었다. 그 순간 가슴이 뭉클해졌다.

'아, 이 사람들에게 나는 한국이었구나! 한국을 대표하는 사람이었

구나!'

언젠가는 비행을 하는데 관제사가 나에게 영어로 물었다.

"너 한국인이니?"

그도 그럴 것이 그때 일하던 중국 항공사에서 여성이면서 영어로 교신한 사람은 나 하나뿐이다. 나를 모르는 사람이라도, 나와 한마디도 해본 적이 없는 사람이라도 중국에서 일하는 한국 국적의 여성 조종사라고 하면 그게 바로 나였기 때문에 중국 항공계에서 나는 제법 유명한 편이었다.

중국에서 사는 동안 중국 최초의 한국인 여성 파일럿으로서 그들을 실망시켜선 안 되겠다고 생각했다. 그것은 바로 한국의 이미지를 실추시키는 것이니까. 성실하고 좋은 모습으로 그들에게 한국을 대신하는 국가대표가 되어야겠다고 다짐하곤 했다.

인내

★

나는 비행을 하면서 늘 보고 느낀다. 아무리 비가 오
고 바람이 불어도 일단 비구름을 뚫고 올라서면 눈이
부시도록 파란 하늘이 펼쳐진다는 것을. 인생도 마찬
가지 아닐까? 지금 당신이 걱정하고 있는 그 비구름을
뚫고 올라서면 분명 파란 하늘이 기다리고 있을 것이
다. 지금은 너무 힘들고 꿈도 멀리 있는 것 같지만, 천
둥 번개를 견디고 나면 새로운 태양이 둥글게 떠오를
것이다.

비구름을 뚫고 올라서면
눈부신 파란 하늘이 펼쳐진다

미세먼지 걱정을 많이 하는 요즘, 오늘은 날씨가 어찌나 화창하던지 쉬는 날이라고 해도 집에만 있기에는 엉덩이가 들썩거려 가만히 있을 수 없었다. 태블릿을 챙겨들고 노천카페가 줄지어 있는 시내 쇼핑몰에 가서 커피를 시켜놓고 피부에 와 닿는 시원한 바람을 느꼈다. 그러자니 '매일 오늘 같기만 했으면 좋겠다.' 하는 욕심까지 난다. 그런데 어디 늘 그럴 수 있나?

파일럿을 직업으로 삼다 보면 유난히 기상에 민감해진다. 남들이 날씨가 좋으면 '날씨 참 좋다!'고 할 때 나는 '아, 오늘은 화창하고 습도가 적어서 비행기의 성능이 좋겠는데…' 하면서 직업병이 도진다.

겨울에는 결빙에 더 신경을 써야 한다. 조금이라도 비행기 기체에 얼음이 얼면 양력이 떨어져 비행기가 날지 못한다. 그런 이유로 사고가 일어나 몇 십 명 또는 몇 백 명이 생명을 잃은 경우도 항공 역사에는 허다하다. 추석 정도면 아직 눈이 오거나 얼음이 어는 시기도 아닌데 무슨 결빙을 걱정하느냐고 할 수도 있겠지만 여객기는 높은 고도에서 날기 때문에 한여름에도 결빙 위험이 있다.

고도가 1천 피트, 그러니까 약 330미터가 높아질 때마다 기온은 섭씨 2도씩 떨어지고, 그러다 보면 지상의 기온이 20도라고 할 때 1만 피트, 약 3천3백 미터의 고도에 올라가면 그곳의 기온은 0도가 된다. 일반적으로 우리가 운항하는 여객기의 순항고도는 평균 3만 피트 전후가 되는데, 미터로 환산하면 약 9천 미터에 다다르는 고도이다. 고도가 이렇게 높으면 외부 기온이 40도 이하가 되기 때문에 결빙 현상이 발생하지 않아 차라리 걱정하지 않아도 된다. 하지만 결빙 현상이 생기는 범위 내의 고도를 통과할 경우, 구름 속처럼 습기가 있는 곳에서는 한여름이 되었든 한겨울이 되었든 제빙장치를 켜는 등 항상 주의해야 한다.

남들은 솜사탕처럼 뭉게뭉게 피어오른 구름을 보며 '파란 하늘에 하얀 뭉게구름이 참 아름답다.' 하고 감상에 젖지만, 나는 저 구름이 지금 얼마나 빠른 속도로 커가는지, 바람에 밀려 움직이는 힘은 어느 정도일지, 그 구름 속에서 벌어지고 있을 과학적인 기상 원리들을 상상하게 된다. 바람이 불면 길가에 펄럭이는 깃발의 모양을 보고 '저 바람의 세기가 얼마나 되는지' 가늠하게 되고, 하늘이 먹구름으로 시꺼매지면 우산이 필요하겠다는 생각보다 '착륙하지 못하고 지금 하늘에서 대기하고 있는 비행기들이 많겠구나.' 하는 생각을 먼저 떠올린다.

그도 그럴 것이 파일럿에게 악천후에 대한 준비란 아무리 대비하고 강조해도 과하지 않기 때문이다.

비구름 위에는 고요한 하늘

한여름 장마철에 중국의 최대 휴양지 중 하나인 하이난 섬으로 비행을 간 적이 있다. 출발지였던 상하이 공항 위를 어찌나 큰 비구름이 덮고 있던지 이착륙을 못한 비행기가 많아 출발이 몇 시간씩 지연되는 것은 물론, 항공편이 무더기로 결항되는 사태가 벌어졌다.

그러나 내가 운항해야 하는 비행기는 휴양지로 가는 여정이었기 때문에 결항을 시킬 수 없었다. 왜냐하면 휴양지로 가는 승객들은 비즈니스 때문이 아니라 휴가를 보내러 가는 사람들이 대부분이기 때문에 호텔 예약을 며칠씩 해놓은 경우가 많다. 그래서 당일 도착하지 못하고 하루쯤 늦더라도 꼭 가야만 한다.

비행기 안에는 비구름의 세기나 비구름 속 요동이 많은 기류를 감지하는 기상레이더가 탑재되어 있다. 그날 우리 비행기는 오후 4시경에 출발할 예정이었는데 몇 시간이 지나도 공항 주변의 기상 상황이 나아지지 않았다. 천둥과 번개를 동반한 비구름이 사방에 포진하고 있어

착륙해야 하는 비행기는 다른 공항으로 회항하고 있었고, 이륙하려는 비행기도 활주로에 진입을 시도했다가 기상레이더가 온통 붉은 비구름으로 표시된 것을 보고 원래 위치로 되돌아가는 경우가 속출했다.

우리 비행기도 두세 번 게이트로 빼서 기상레이더의 방향을 이륙하는 활주로 방향과 맞추어놓고 기상 상태를 몇 번이나 확인했는지 모른다. 기상레이더는 비행기의 머리를 중심으로 전방 180도만 볼 수 있기 때문에 번거롭더라도 비행기를 게이트에 넣었다 뺐다를 반복하며 확인하는 수밖에 없다. 물론 관제탑에도 기상레이더가 있긴 하지만 비행기의 기상레이더보다 성능이 떨어지기 때문에 파일럿이 기상레이더 확인을 위해서 비행기를 이동시키겠다고 하면 보통은 아무 제재 없이 허락해준다. 이제나저제나 출발할 기회를 엿보며 9시간 정도 지연되었을까? 우리 비행기는 결국 다음날 새벽 1시경이 되어서야 상하이 공항을 이륙할 수 있게 되었다.

기상 상태는 많이 호전되었지만 긴장을 늦출 수는 없었다. 이륙을 위한 마음의 준비를 하고, 좌석 벨트를 한 번 더 단단히 조이고, 기상레이더를 켜고, 그 어느 때보다 신중히 비행기 엔진 성능을 살피며 이륙을 감행했다. 동시에 비구름이 가장 약한 곳을 골라 항로를 변경했다. 사방엔 여전히 번개가 번쩍이고 있었고 비구름을 관통할 때는 조종실 창문이 부서져라 빗줄기가 쏟아졌다. 그 소리에 기죽지 않으려고 일부러 태연한 척 애썼다.

조종실 앞 유리창에 번쩍번쩍 방전이 일어났다. 이 방전 현상은 일반적으로는 보기 어려운 것으로, 파일럿만이 경험하는 것 중의 하나이다. 빗속의 전기가 비행기 조종실 앞 유리창에 가느다란 선을 그리며 빛을 발하는 것인데, 마치 번개의 미니어처 같은 모양새이다. 나는 방전 현상을 여객기 파일럿이 된 지 얼마 안 되어 처음 보았는데, 어찌나 놀랐던지 정말 비행기가 번개를 맞은 줄 알았다. 놀라기도 하고 두렵기도 해서 주사를 맞을 때 고개를 돌려 외면하는 것처럼 조종실 창문은 일부러 쳐다보지도 않았다.

비행기가 서서히 구름을 뚫고 고도를 높여 올라갔다. 그렇게 비구름을 뚫고 올라서니 언제 그랬냐는 듯, 좀 전의 상황을 금세 잊어버린 듯, 고요하고 까만 밤하늘이 펼쳐졌다. 방금 전까지 노심초사 걱정했던 시련이 어제 일처럼 느껴질 정도로 상황이 너무나 달라졌다. 예쁜 반달이 어서 오라는 듯 우리를 기다리고 있었고 무수히 많은 깨알 같은 별들 속에서 유성도 떨어졌다. 하이난 산야가 있는 남서쪽 하늘에서는 나의 별자리이기도 한 사수자리가 동행이 되어주었다.

밤 1시에 출발한 비행기는 이른 새벽에야 하이난 산야에 도착했다. 거기서 다시 승객들을 태우고 다시 상하이의 하늘을 향해 날아올랐다. 이른 새벽이다 보니 하늘에는 운항 중인 비행기도 없는 듯했다. 관제탑과 교신을 주고받는 소리도 들리지 않았다. 비행기의 쏴한 바람 소

S W

리만 가득한, 너무나도 고요한 아침이었다.

5시 반쯤 되었을까? 하이난에서 상하이로 돌아오는 하늘 위에서 나는 동이 트는 태양을 바라보았다. 어젯밤의 비구름과는 상반되는 아침 하늘의 빨간 태양에 나는 새삼 또 다른 새날이 밝았음을 느끼며 하루를 시작했다.

나는 비행을 하면서 늘 보고 느낀다. 아무리 비가 오고 바람이 불어도 일단 비구름을 뚫고 올라서면 눈이 부시도록 파란 하늘이 펼쳐진다는 것을. 우리의 인생도 마찬가지 아닐까? 지금 당신이 걱정하고 있는 그 비구름을 뚫고 올라서면 분명 파란 하늘이 기다리고 있을 것이다. 지금은 너무 힘들고 꿈도 멀리 있는 것 같지만, 천둥 번개를 견디고 나면 새로운 태양이 둥글게 떠오를 것이다.

무지개는
비가 온 뒤에 뜬다

비행을 마치고 돌아오는데 조카한테서 전화가 걸려왔다. 친구와 내기를 했으니 빨리 답을 알려달라는 것이다.

"이모, 한국에서 미국으로 갈 때는 13시간이 걸렸는데, 미국에서 한국으로 갈 때는 15시간이나 걸렸어. 왜 그런 거야?"

내 조카는 그 이유가 바람 때문이라 했고 조카의 친구는 지구의 자전 때문이라고 했단다. 결론부터 말하자면 둘 다 맞다. 정확하게 말하면 바람이 지구 자전의 영향을 받아 서쪽에서 동쪽으로 강하게 부는 제트기류Jet stream를 타고 비행했기 때문에 생긴 비행시간의 차이이다. 제트기류란 적도 부근에서 생긴 따뜻한 공기와 북극에서 생긴 찬 공기가 중간 위도에서 만나 지구의 자전 전향력에 의해 서쪽에서 동쪽으로

부는 편서풍 바람을 말하는데, 풍향과 풍속이 자주 바뀌는 지표면과 달리 높은 고도에서 일정한 방향으로 강하게 분다.

하지만 그렇다고 해서 비행기가 공중에 떠 있는데 지구가 자전해서 그만큼 비행거리가 저절로 줄어들었다고 생각하면 오해이다. 대기권은 지구와 함께 돌기 때문에 비행거리가 짧아지는 것은 아니다. 이것은 달리는 기차 안에서 제자리뛰기를 했을 때 다시 제자리로 떨어지는 것과 같은 원리이다.

비행기가 순항고도에 올랐을 때, 즉 비행 방향이 바람이 부는 방향과 같아서 뒤에서 밀어주는 제트기류의 순풍을 타고 비행할 때는 비행기가 스스로 날 수 있는 속도보다 훨씬 빠르게 날게 된다. 내가 조종하는 보잉737 여객기의 경우 바람이 없다고 가정했을 때, 차가 달리는 속도와 같은 단위로 계산하면 시속 800킬로미터 정도의 빠르기로 비행한다. 이때 순풍이 시속 200킬로미터 정도만 불어도 비행기는 시속 1천킬로미터로 거뜬하게 날아갈 수 있으니 바람으로부터 얻은 200킬로미터의 속도는 보너스인 셈이다. 이는 비단 비행기뿐만이 아닐 것이다. 배도 순풍을 타면 본래의 속도보다 훨씬 더 빨리 갈 수 있고, 골프선수의 공도 순풍을 타면 평소보다 훨씬 더 멀리 보낼 수 있다.

우리 인생도 늘 이렇게 뒤에서 밀어주는 순풍을 타고 '쌩' 하고 날아갈 수 있다면 얼마나 좋을까? 모든 일이 마음먹은 대로, 생각하는 대로, 계획하는 대로 순풍에 돛단 듯 순리대로 풀린다면 얼마나 좋을까. 하지만 순풍이 늘 좋기만 한 것이 아니라는 걸 나는 비행을 하면서 배운다. 순항고도에서는 연료도 아낄 수 있고, 제 속도보다 더 빨리 비행기를 운행할 수 있지만, 활주로에 착륙할 때는 가장 큰 난관이 되기 때문이다.

비행기는 언제나 순풍을 피해서 착륙해야 한다. 순풍을 피할 수 없을 때는 그 영향을 최소화해서 착륙해야 하고, 그 한계를 넘었을 때는 반대 방향의 활주로로 이동해 순풍을 정풍으로 바꿔서 착륙해야 한다. 왜냐하면 순풍일 경우, 다시 말해 뒤에서 바람이 비행기를 밀어주게 될 경우 바람이 불지 않을 때나 정풍일 때보다 훨씬 더 긴 활주로를 필요로 하기 때문이다. 따라서 바람이 없을 때는 여유롭게 착륙할 수 있는 길이의 활주로더라도, 순풍이 불 경우에는 거리가 부족해져 비행기가 활주로를 이탈할 위험이 있으므로 순풍을 정풍으로 바꾸어 반대 방향으로 착륙하는 것이다.

이처럼 인생도 때로는 순풍보다 정풍이 이로울 때가 있다. 물론 정풍이 부는 그 순간에는 모진 바람에 죽을 만큼 힘들고 뒤로 벌렁 쓰러질 것 같지만, 시간이 지나고 나서 생각해보면 그 정풍이 사실은 내가 성장할 수 있었던 기회였거나 발전할 수 있게 된 계기가 되는 경우가 많다. 나 또한 가끔은 순탄하게 풀리지 않은 일의 끝에서, 오히려 여러 번의 아픔을 겪은 후에 더 좋은 결과가 기다리고 있었음을 순간순간 느끼곤 한다.

성장통

오산 미 공군부대 안에 있는 에어로클럽에서 비행교육을 받고 싶다는 생각을 갖게 된 후, 이를 위해서는 미국 대사관에 먼저 입사해야겠다고 결심했다. 그래서 미국 대사관에 채용 공고가 나면 부서를 불문하고 지원했다. 세 번 지원하고 세 번 다 떨어졌다. 그때는 참 되는 일이 없다고 생각했는데, 지금 돌이켜보면 '떨어지길 참 잘했구나! 합격하지 않은 것이 다행이었구나!'라는 생각을 하게 된다.

그 이유는 바로, 내가 낙방했던 세 번의 면접 중 어느 한 군데에서라도 합격을 했더라면, 내가 바라던 오산 미 공군부대에서 비행교육을 받을 수 없었거나, 받을 수 있었더라도 그 길이 내가 걸어온 길보다 더욱 어려웠을 것이기 때문이다.

지원했지만 떨어진 세 번의 면접은 '비자과', '이민 비자과', '인사부' 같은 부서에서 치렀는데, 그중 어느 부서에 채용되었더라도 나는 미군부대에 출입할 만한 정당한 사유를 찾을 수 없었을 것이다. 그러니 오산 미 공군부대에 드나들 수 있는 출입증도 발급받을 수 없었을 것이고, 나중에 오산에서 비행교육을 받을 수 있도록 적극 도와주신 대사님 부부와도 인연이 닿지 않았을 것이다. 그러니 다행이랄 수밖에.

세 번 지원해 세 번 모두 낙방한 나는 거의 자포자기 상태였다. 그러던 중 채용 공고도 나지 않았는데 운명처럼 나에게 기회가 주어졌다.

미국 대사관 대사 부부의 관저 비서가 필요하다며 나의 이력서를 보관하고 있었던 대사관 직원이 연락해온 것이다.

대사관 관저 비서 자리는 대사님뿐만 아니라 대사 부인을 보좌하고, 관저의 모든 행사는 물론 대사 부부의 스케줄을 관리하는 업무를 담당했다. 대사 부부와 가까워지기에는 이보다 더 좋은 직위가 없었다.

내가 모신 허버드 대사님은 일주일에 한 번씩 한국 내 전체 미군 부대를 지휘하는 장군과 조찬 미팅을 하셨다. 그런데 내가 파일럿이 되고 싶다는 꿈을 말씀드리자 이후 조찬 미팅에서 오산 미 공군부대의 장군에게 내 이야기를 해주신 것이다. 그 덕분에 미군 부대의 출입증을 발급받을 수 있었고 그것이 내가 오산에서 첫 비행을 하고 첫 파일럿 면허증을 받게 된 첫걸음이다.

그때는 야속하기만 했던 낙방과 좌절이, 순탄하지 못하다고 생각했던 절망이, 지금에 와서 생각해보면 하나의 성장통이었음을 이제야 나는 깨닫는다.

봄부터 늦은 가을이 되도록 매번 지원하고, 면접 시험을 볼 때마다 가슴 졸이고, 낙방할 때마다 마음 아팠던 그 모든 것이 사실은 나의 꿈과 미래를 이루기 위해 겪어야 했던 성장통이었구나.

매스컴의 오해와 전화위복

'죽고 싶다'는 생각이 들 만큼 힘든 시간을 경험한 적이 있는가? 그런 힘든 시간을 보내는 사람들을 본 적이 있는가? 그런데 그런 사람들을 보면 정작 본인은 죽고 싶을 만큼 힘든 일이라도 그를 지켜보는 사람의 눈에는 별것 아닌 경우가 많다. 내가 겪을 때는 그 안에 갇혀서 주관적으로 보기 때문에 죽고 싶을 만큼 힘든 일이지만, 다른 사람이 겪으면 '그것 때문에 인생을 포기하면 되겠어?' 하며 객관화시켜 볼 수 있는 것이다.

그렇다면 나 자신을 객관화시켜, 즉 타인의 시선으로 나를 바라보면 어떻게 될까? 힘들고 모든 걸 놔버리고 싶은 자신에게서 잠시 유체이탈해 스스로에게 말을 걸어보는 것이다.

'그게 죽고 싶을 만큼 정말 괴로운 일인 거니?'

'관점을 바꿔서 좀 더 다르게 생각해봐.'

......

이렇게 말이다. 시간이 좀 지나서 냉정하게 생각해보면 '죽고 싶을 만큼 힘든 일이 아니었구나!' 하는 것을 깨닫게 될 것이다. 나에게도 몇 년 전 한 열흘을 눈물로 지새울 만큼 힘든 시간이 있었다.

중국에서 일하던 항공사에는 나 말고도 나보다 3, 4년 늦게 입사한 한국인 파일럿이 두 분 있었다. 모두 남자 기장님이다. 그중 한 분이 그 항공사에서 비행한 지 6개월 정도 되었을 때 예기치 못한 상황이 벌어졌다. 당시 그 기장님이 운항하던 비행기는 기상 상태가 좋지 않아 상하이 홍차오 공항에 착륙하지 못하고 하늘에서 대기 중이었다. 물론 홍차오 공항에 도착한 다른 비행기들도 착륙하지 못하고 상공에서 선회비행을 하고 있었다.

그렇게 오랜 시간을 선회비행하다가 연료를 많이 소모한 상태에서 겨우 착륙 허가를 받게 되었는데, 활주로를 바로 눈앞에 둔 순간 관제사로부터 다시 회항하라는 명령을 받았다. 뒤에 오는 다른 항공사 비행기의 연료가 부족하니 그 비행기에 먼저 착륙을 허가하겠다는 것이었다.

하지만 연료가 부족해서 비상착륙을 해야 할 정도는 아니더라도 이미 선회비행을 하면서 연료를 많이 소모한 기장님은 활주로가 2개이니, 만약 뒤에 오는 비행기의 연료 상태가 비상착륙을 해야 할 정도로 심각하다면 옆 활주로에 착륙하도록 조치하리라 여겨 관제사의 명령에 복종하지 않고 착륙을 감행했다.

이해를 돕기 위해 도로를 달리는 자동차에 비유해 설명하자면, 항공법이나 비행에 관해서 잘 모르는 일반인들이 보기에 이러한 행위는 뒤에서 앰뷸런스가 비켜달라고 '삐용삐용'하는데 앞에 가던 자동차가 자기도 바쁘다며 비켜주지 않은 몰상식하고 몰인정한 일이 되어버린다. 실제 상황은 뒤에서 앰뷸런스가 다급하게 지나가려고 했을 때 옆에 충분히 빗겨갈 만한 갓길이 있었고 우리 자동차도 비켜줄 만한 여건이 되지 않은 상황이었는데 말이다.

항공법이나 비행의 실제 사정을 잘 알고 있는 파일럿의 입장에서 보면, 이 일은 기장님을 나쁘게 볼 만한 사건이 아니었다. 사건 이후 조사한 결과에 따르면, 두 비행기 모두 연료가 충분했고 활주로도 2개였기 때문에 항공 관련자들 모두 대수롭지 않게 여겨 더 이상 자세히 조사하지도 않은 사건이었다.

하지만 누군가가 이 사건을 중국판 트위터라고 할 수 있는 웨이보 www.weibo.com에 올리면서 상황이 이상하게 꼬여버렸다. 이 사건이 인터넷을 타고 일파만파 급속도로 퍼지자 그 개념 없는 한국 기장을 찾아내자는 글이 쏟아졌고, 그 결과 우리 항공사의 한국인 기장으로 알려져 있던 내가 그 사건의 기장으로 오해받게 된 것이다. 그 사건이 있던 날 나는 쉬는 날이어서 비행도 하지 않았는데 말이다.

평소 중국 인터넷 웹서핑을 하지 않던 나는 그 사실을 전혀 모르고 있었는데, 내 이름과 사진이 중국 인터넷에 도배되고 하루아침에 '개념 없는 한국 기장'이라는 악명으로 명성을 떨치고 있다며 누군가가 나에게 살며시 알려주었다.

그제야 중국 인터넷에 들어가본 나는 까무러치는 줄 알았다. 인터넷 상에 내 이름이 오명을 쓴 채 여기저기 돌아다니고 있었고, 입에 담을 수 없는 수많은 악성 댓글이 판을 치고 있었다.

'아, 이래서 연예인들이 자살을 하는구나.'

그때부터 나는 정신적인 괴로움과 충격에 빠져 아무것도 할 수 없었다. 열흘간 휴가를 내고 비행도 하지 않았다. 그때의 심리적인 상태로는 안전한 비행을 할 수 없었기 때문이다.

혹자는 '그런 인터넷은 안 보면 그만'이라고 생각하겠지만, 그렇게 생각하면서도 어느새 나의 손은 컴퓨터를 켜고 있었고, 내 기사를 검색해보고 있었고, 새로 달린 악성 댓글을 찾고 있었다. 그러다가 이대로는 안 되겠다 싶어서 그런 오해를 불러일으킨 시작점이었던 웨이보에 계정을 만들고 처음으로 글을 올렸다. 글을 쓰는 동안 감정이 복받쳐 올라 눈물이 주르륵 흘렀다.

"여러분, 저는 그날의 비행과는 관련이 없습니다. 저는 그날 쉬는 날이었고 비행하지 않았습니다. 저를 오해하지 말아주십시오. 저는 여러분의 오해로 힘든 나날을 보내고 있습니다."

그런데 그 글이 전화위복이 되었다. 아무것도 할 수 없는 나 자신이 너무나 초라하게 여겨져 거의 자포자기한 심정으로 올린 글이었는데, 그 글이 게시되자마자 팔로워가 생기고 내 글을 옮겨주는 이들이 생겨났다. 서서히 나에 대한 오해도 풀리고, 또 그 오해를 풀기 위해 직장 동료들과 웨이보에서 사귄 친구들이 계속해서 애를 써주었다. 그때까지만 해도 나는 주로 항공업계의 친구들하고만 교류를 했는데, 이 사건으로 다양한 분야의 친구들을 알게 된 것도 기쁜 일이었다. 사람으로 다친 마음은 역시 사람으로 치유하는 게 최고인 것 같다.

이 사건으로 한국의 D일보 기자님과 인연이 닿아 나에 관한 기사가 처음으로 한국에 나갔고, 이를 계기로 청소년들에게 꿈을 주는 EBS 캠페인 프로그램도 찍게 되었으며, KBS에서 강연을 하고 이 책을 낼 수 있는 기회까지 얻었으니, 정말 전화위복이라 할 수밖에 없다.

힘들고 어렵다는 생각에 충동적으로 이 세상을 포기한다고 해서 세상은 눈 하나 꿈쩍하지 않는다. 달도 그 자리에 있고, 해도 그 자리에 있고, 세상은 여전히 바쁘게 돌아갈 것이다. 내가 없어도 달라질 것이 없는 세상이지만 내가 있어서 달라지게 할 수는 있다. 나를 보고 힘을 얻고, 나처럼 되고 싶어서 꿈을 키우는 사람이 있고, 나 때문에 변화하는 사람이 생길 수 있다. 무지개는 비가 온 뒤에 뜨는 법이다.

빛나는 미래를 위해서
오늘의 노력을 투자하자

초등학교 시절 미술 대회에 나간 적이 있다. 여러 학교 학생들이 모인 낯선 학교 교실 안에서 4절지 도화지를 받았는데 어찌나 커 보이던지 '이 큰 도화지에 무엇을 가득 채우나?' 하고 고민했다. 그때 우리 학교 학생들을 인솔하신 선생님이 두 손을 입가에 모으고는 나를 향해 외치셨다.

"은정아! 꽉 차게 그려! 색깔은 다양하게…. 알았지?"

그림을 그릴 때 그리고자 하는 대상을 얼마나 크게, 또는 얼마나 꽉 차게 그릴 것인지 정하려면 우선 연필로 둥글게 큰 덩어리를 잡아놓거나 칸을 나누는 식으로 대략의 위치를 정해놓아야 한다. 그런 다음 조금 더 형체를 알아볼 수 있을 정도로 잡아놓은 덩어리나 칸 안에 밑그림을 그려넣고 전체적인 조화를 본다. 조화가 이루어진 듯하면 이제는 디테일한 선으로 그리고자 하는 것을 표현한다.

어찌 보면 인생도 그런 게 아닐까? 초등학교, 중학교, 고등학교, 대학교, 20대엔 첫 직장 생활, 30대엔 가정 만들기, 40대엔 자녀 키우기, 50대엔 두 부부의 인생 즐기기, 60대엔 성장한 자녀 보기…. 뭐 이런 식으로 인생이라는 캔버스 안에 큰 뭉텅이로 칸을 나누어놓고 각자 다른 펜과 색으로 그 안을 채워나가는 것이다.

멋진 그림을 완성하려면 캔버스에 하나씩 형체를 그리고, 틀렸다고 생각되면 지우고, 그린 곳을 적당한 색으로 칠하고, 조금 뒤로 떨어져서 조화가 맞는지 살펴보고… 그러기를 반복하면 된다. '언제 꽉 채우나?' 싶었던 그림도 하나씩 선을 긋고 색을 채우다 보면 어느새 멋진 인생의 그림이 완성되는 것이다. 매일 그리는 그림에 충실하면 그게 한 달의 그림이 되고, 1년의 그림이 되고, 인생의 그림이 되는 것이다.

30대 시절의 나의 그림은 가정을 이루고 자녀를 키우는 일반적인 그림과는 조금 다르다. 40대를 반쯤 보낸 지금의 하루도 일반적인 일상과는 조금 다른 구도로 이루어져 있다.

대부분의 사람들은 월요일부터 금요일까지 일하고, 주말에 휴식을 취한다. 하지만 나는 주중과 주말 구분 없이 일을 하고 쉰다. 어떤 사람들은 그런 생활이 불편하지 않느냐고 묻지만, 혼자 사는 나에게는 주말에 일하고 주중에 쉴 수 있는 이 스케줄이 편리하다고 느껴질 때가 많다. 나는 은행이나 관공서, 병원 같은 곳에 볼일이 있을 때 나를 대신해서 일을 봐줄 사람이 없기 때문이다. 또 마트에 장을 보러 가거나 미용실에 머리를 자르러 갈 때도 한가한 주중에 가는 것이 더 효율적이다. 그래서 나는 남들과 다른 근무 스케줄을 있는 그대로 즐기고, 그 안에서 내 그림을 채워가고 있다.

대개의 항공사는 비행 스케줄을 한 달 단위로 알려준다. 그 스케줄에 따라 파일럿들은 친구들과 약속도 잡고 취미생활도 하는 등 계획을 세울 수 있다. 나는 취미로 골프를 즐기는데 주중에 골프를 칠 수 있다는 것은 아주 큰 장점이다. 주말엔 라운딩비도 비싸고 사람도 많고 부킹하는 것조차 힘들지만, 평일엔 오가는 길도 밀리지 않고 비교적 저렴한 금액으로 즐길 수 있다.

내 인생의 그림이 완성되려면 아직 많은 여백을 채워야 한다. 그래서 나는 오늘 그려진 그림을 두고 완성된 뒤를 걱정하지 않는다. 완성된 뒤에 내 그림이 어떤 위치를 차지할지 걱정하지 않는다. 단지 멋지게 완성되기를 기대하며 매일의 선 하나, 색 하나에 심혈을 기울일 뿐이다. 한 번에 한 가지씩, 오늘 일을 열심히 하면서 인생의 그림을 세심하게 완성해나가는 것이다. 빛나는 미래를 위해서 물감을 고르고, 펜을 고르고, 아이디어를 고민한다. 노력하면서 그림을 그려나간다.

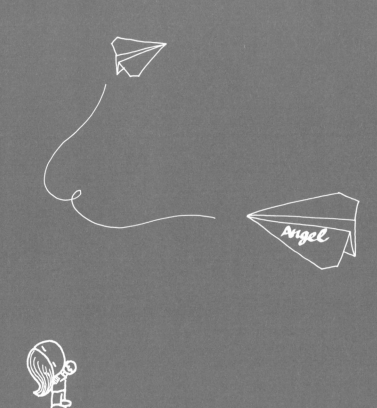

충전

★

비행기도 기름칠을 해주고 필터를 갈아주고 가끔 도색도 해줘야 제 역량을 발휘한다. 평소에 질 좋은 연료를 넣어주고 정비를 잘 해주어야 안전하게 오래 비행할 수 있다. 고되게 일하는 나에게, 열심히 공부하는 나에게 선사할 즐거운 일을 찾아보자. 음악이 될 수도 있고 운동이 될 수도 있다. 춤이나 요리, 사진, 그림… 아니면 무언가를 수집하는 취미가 될 수도 있다. 열정을 쏟을 수 있는 것을 가지고 있다는 것은 삶의 균형을 맞춰주는 질 좋은 영양제이다.

칭찬받아
마땅한 당신

중국 항공사에서 일하던 때의 기억
이다. 3만 피트 고도에서 순항하고 있을 때, 비행기 맨 앞에 위치한 일
등석 승객과 파일럿의 식음료 서비스를 담당하는 사무장이 레몬을 띄
운 홍차 한 잔을 가지고 들어왔다. 맑은 선홍빛 홍차와 노란 레몬이 든
유리잔이 조종실 창문 사이로 비치는 햇빛을 받아 더욱 노랗게 반짝였
다. 기장 견장의 노란색과 참 닮았다는 생각을 했다.

홍차를 가지고 들어온 사무장을 보니 불현듯 내가 입사 초기 그 항
공사에서 그녀를 처음 만났을 때가 떠오른다. 파일럿 연습생 시절이라
비행기 조종실에 들어가도 뒷좌석에 앉아 선배 조종사들이 조종하는
모습을 지켜보기만 하던 때였다. 어느 날 파일럿과 객실 승무원이 한
팀이 되어 공항에 들어서는데, 일행 끝에 어린 견습 승무원이 따라오

고 있었다. 어딘가 모르게 많이 불편한 듯 보여 "괜찮아?" 하고 물었더니 "오늘 저 승무원 실습 시험 보는 날이에요. 그래서 많이 긴장되고 떨려요." 하며 그녀는 수줍게 대답했다. 그런데 5년이 지나 그 견습 승무원을 비행기에서 다시 만난 것이다.

그녀는 객실 승무원 중 최고참인 사무장이 되어 실습생들을 교육하고 있었다. 순간 그녀와 내가 무척이나 대견하게 느껴졌다. 조종실 말단이었던 나와 기내 객실에서 말단이었던 그녀, 각자의 위치에서 이제 최고의 책임자가 된 것이다. 그녀가 대견해 보이는 만큼 나 자신도 대견하게 느껴졌다.

나는 어려서부터 야단을 맞거나 못 했다고 꾸지람을 들으면 사기가 떨어지고 기가 죽어서 오히려 더 못 했던 것 같다. 반대로 칭찬을 들으면 신이 나고 더 잘해야겠다는 열의가 생겨 더 좋은 성과를 얻곤 했다. 그래서일까? 나는 매를 드는 것보다는 칭찬으로 의욕을 북돋는 것에 부등호를 크게 그어주는 편이다.

지금까지 내가 꿈을 향해 달려왔던 과정을 돌이켜보면 '그래, 대체로 잘 견디고 잘해왔어!' 하며 스스로를 칭찬해주고 싶다. 이렇게 스스로를 칭찬하면서 '그러니까 앞으로도 더 열심히, 더 성실하게, 더 잘하자!' 하고 나 자신을 응원한다. 자, 이제 당신 자신을 한번 돌아보자. 천천히 하나씩 돌아보면 분명 몇 년 전 또는 얼마 전보다 성장해 있는 자신의 모습을 발견할 수 있을 것이다. 자신의 위치를 꿋꿋이 지키고 있는 모습에 기운이 불끈 솟을 것이다.

당신이 만일 수험생이라면, 시험에 대한 스트레스와 빡빡한 수업 일정 속에서도 성실히 하루를 보내고 있는 자신을 보게 될 것이다. 아무리 젊음이 부러워도 그 시절로 돌아가라면 나는 절레절레 도리질을 치는데 당신은 그걸 너무나 잘 해내고 있는 것이다. 그것이 얼마나 대단한 일인지 당신 자신이 알았으면 좋겠다.

당신이 만일 가장이라면, 진급에 대한 부담과 적은 급여와 오르는 물가에서 느끼는 팍팍함을 당신이 얼마나 잘 헤쳐나가고 있는지 보게 될 것이다. 하루가 다르게 커가는 아이의 미래도 걱정해야 하고 자신을 위한 시간이라고는 바랄 수도 없는 형편이지만, 힘든 기색 없이 해내고 있는 당신에게 박수를 보낸다. 마흔이 넘도록 혼자 사는 나는 가족을 책임져야 하는 그 큰 무게를 아마 감당하지 못할 듯하다.

당신이 만일 주부라면, 누군가의 아내이자 딸이자 며느리이자 엄마라는 1인 4역을 소화하고 있는 당신을 보게 될 것이다. 쇼핑을 가서도 자식과 남편 것을 먼저 챙기고, 언제부터인가 이름이 아닌 누구의 엄마로 불리며, 10대도 아닌데 통금 시간이 저절로 생겨버린 당신. 하지만 아무도 알아주지 않아도 그 모든 역할을 척척 해내는 당신을 나는 가장 존경한다. 당신 앞에 서면 나 혼자만을 위해 계획하고 노력하고 달성해놓고 힘들었다고 말하는 내가 한없이 엄살을 피는 것처럼 느껴진다.

오늘의 여기에 오기까지, 지금의 당신이 되기까지, 그동안 얼마나 힘들었고, 지금도 얼마나 노력하고 있는지 당신보다 잘 아는 사람은 없다. 자신을 자랑스럽게 여기자. 자신이 얼마나 칭찬받아 마땅한 일을 해내고 있는지 스스로 칭찬해주자.

재충전

스마트폰에 배터리가 얼마 남아 있지 않으면 전화를 걸어야 할 곳이 없음에도, 기다리는 전화가 특별히 있지 않음에도 왠지 불안하다. 열어놓은 앱이 많아서 배터리가 빨리 소모될까 봐 이것저것 앱을 다 닫고 나서도 여전히 초조한 마음을 감출 수 없다. 반대로 배터리가 가득 차 있으면 무엇을 해도 여유로운 마음이 생긴다.

아무리 성능이 뛰어난 최신 스마트폰이라고 해도 배터리가 없으면 무용지물이듯이, 우리 몸과 마음도 지치고 의욕이 떨어져 있으면 제아무리 뛰어난 사람이라 해도 제 기량을 발휘하지 못한다. 그러므로 우리도 재충전하는 시간을 가져야 한다. 각자 자신만의 방법을 통해서.

내가 일상에서 충전하는 방법은 다양하다. 일단 내가 좋아하는 것들을 여건이 닿는 한 맘껏 한다. 듣기 좋은 노래도 계속 들으면 지겹고, 맛

있는 음식도 매일 먹으면 질리듯이 좋아하는 일이라고 해서 계속하는 것이 아니라 다양하게 골고루 즐기며 그 기쁨을 나 자신에게 선사하는 것이다. 나는 그 과정에서 성찰도 하고 동기부여도 하고 미래를 배운다.

밥보다 좋은 잠

조종사에게 비행 전 휴식은 필수이다. 항공법에서도 두 사람이 비행할 경우 하루에 8시간 이상 비행할 수 없고, 한국에서는 최장 연속 6일을 넘겨서 비행할 수 없도록 되어 있다. 피로가 쌓이면 하루 이틀 정도의 휴식으로는 다 해소될 수 없기 때문에 나는 평소에 스트레스가 쌓이지 않도록 스스로 관리하는 편이다.

따로 휴가를 내지 않으면 나에겐 한 달에 평균 10~12일 정도의 휴일이 주어진다. 보통 3~4일 연속해서 비행하고 1~2일 연속해서 쉰다. 인원이 모자라면 최장 연속 6일을 비행하기도 하는데, 많이 자동화된 비행기 조종을 연속 6일 하는 게 뭐가 대수냐고 생각할 수도 있겠지만, 사실 5, 6일째 비행은 무지 고되게 느껴진다. 기압차가 큰 하늘과 땅을 오르락내리락하고 끊임없이 교신 소리와 바람의 마찰 소리 속에 있다 보니 지상에서 일하는 사람들보다 쉽게 피곤해지는 것이다.

그래서 평소에 체력도, 정신 건강도 잘 챙겨야 한다. 몸과 마음에 스트레스가 가득 차 있으면 비행 중 판단력이 흐려지고 실수를 저지를 가능성이 높아지기 때문이다. 한국에서 조종사들이 1년에 한 번씩, 50세 이상은 6개월에 한 번씩 신체검사를 하는 것도, 중국에서는 40세 이상이 되면 6개월에 한 번씩 신체검사를 하고 트레드밀treadmill에서 조깅을 하며 심박수를 재고 MRI를 찍어야 하는 이유도 다 그 때문이다.

이틀이나 사흘을 연속해서 쉬는 경우 나는 그중 하루는 아무 데도 나가지 않고 꼼짝없이 집에서 뒹굴뒹굴 보낸다. 일단 알람을 맞추지 않고 저절로 눈이 떠질 때까지 실컷 잔다. 일어나서는 세수도 양치질도 하지 않고 커피부터 내린다. 커피 향을 맡으며 세탁기를 돌리고, 로봇청소기를 작동시켜놓고, 소파에 늘어지게 기대 누워 1시간 가량은 이렇다 할 것 없이 보낸다. 화분에 물을 주면서 마른 잎을 따주기도 하고, 해를 따라 한쪽으로 치우친 잎사귀들을 다른 방향으로 돌려놓기도 하면서. 비행 외의 일상 스케줄표를 보면서 동선을 상상하고 어떤 옷을 입을지, 무엇을 먼저 할지 머릿속에 정리한다. 멀리뛰기를 하기 위해 한발 뒤로 물러나는 충전의 시간인 것이다.

기분 좋은 근육통

레이오버layover, 경유지 비행을 가서든, 집에서 쉬는 날이든 나는 피트니

스 센터에 가서 운동을 한다. 요즘엔 운동 삼아 대중교통을 이용해 걸을 수 있는 시간을 되도록 많이 가지려고 한다. 스마트폰에 만보기 앱을 깔아놓고 하루에 몇 킬로미터나 걸었는지 확인하는 것도 쏠쏠한 재미이다. 만 보를 걸으면 보통 6킬로미터 정도 걷는 셈이다. 어릴 때 시골 학교를 다니면서 비가 오나 눈이 오나 땡볕이라도 이 정도의 거리는 우습게 다닌 터라 조금도 피곤하진 않다.

아파트 피트니스 센터에서 대개는 개인 트레이너와 죽기 살기로 체력 단련 위주의 운동을 하고, 이어서 나 혼자 1시간 정도 추가로 유산소 운동을 한다.

트레이너 말에 따르면 남녀를 불문하고 나의 체력이 자신의 회원 중에 최고라고 한다. 그럴 수밖에 없는 게 나는 어려서부터 놀이터가 따로 없는 산골 마을에서 뛰어놀면서 자라 내 체력의 밑바탕이 되었기 때문이다.

그래서 그런지 나는 운동을 두루두루 잘하고 좋아한다. 중학교 특별활동 시간에 배운 테니스는 지금도 내가 가장 사랑하는 운동이다. 파트너가 필요한 운동이라 자주 즐기지 못하는 게 아쉽지만 1시간쯤 테니스를 하고 나서 온몸이 녹초가 되는 그 싱그러움을 나는 사랑하지 않을 수 없다.

하늘을 날아다니는 일을 한지 12년쯤 된 요즘엔 땅을 걸어 다니는 것이 그렇게 좋다. 그래서 골프를 시작한 지 15년이 되도록 성적은 좋지 않지만, 산속에서 맑은 공기를 마시고, 잔디를 밟으며 4시간이 넘는

시간을 즐기는 일명 '명랑 골프'가 나는 너무 좋다. 최근 들어 스코어에
도 욕심을 좀 내보기로 하고 개인 레슨도 다시 받고 있는데, 손가락 여
기저기 물집이 잡히고 군살이 박히지만 희한하게도 그런 것들이 흐뭇
하게 느껴진다.

음악은 최고의 치료사

대학교 다닐 때 봤던 영화 중에 〈피아노The Piano〉라는 영화가 있다. 그
영화의 오리지널 사운드 트랙이 마이클 니먼Michael Nyman의 〈The Heart
Asks Pleasure First〉라는 피아노곡이었는데, 그 곡이 너무나도 치고
싶어서 언젠가는 피아노를 꼭 배우겠다고 생각했다.

2004년 내가 미국으로 비행 공부를 하러 가던 그해, 배우고 싶은 영
화주제곡이 생긴 지 10년도 더 지난 그때, 미국으로 떠나기 딱 6개월
전부터 피아노를 배우기 시작했다. 그때 내 나이는 이미 30대 중반을
지나고 있었다. 어릴 때부터 그렇게 배우고 싶었고, 연주하고 싶은 영
화주제곡도 생겼으니 열정이 넘칠 수밖에 없었다. 당시 나의 피아노 선
생님이었던 형란이는 숙명여자대학교 피아노과 3학년이었는데 나 같은
학생은 처음 봤다고 했다. 내가 집에서 피아노 연습을 하다가 정전이
되자 촛불을 켜놓고 피아노 연습을 하는 것을 본 뒤에 한 말이다. 그렇

게 배운 피아노가 내 파일럿 생활에 큰 위로가 되고, 최고의 친구가 되어줄 줄은 그때는 미처 몰랐었다.

사실 다 큰 어른이 피아노를 배우기는 쉽지 않다. 음악 이론이나 악보 읽는 방법은 빨리 이해할 수 있겠지만, 건반에 익숙지 않은 내 손가락은 88개의 건반 중 어디를 눌러야 할지 몰라서 악보 한 번 보고, 건반 한 번 보고…. 도저히 음악으로 들리지 않는 소음에 불과했다. 일주일에 세 차례 레슨을 받고 집에서 매일 1~2시간씩 연습하기를 반 년 이상 했을 때야 비로소 건반을 보지 않아도 손가락이 제 위치를 찾아서 움직였다. 머리로 생각하기 전에 손가락이 먼저 어떤 건반을 찾아 눌러야 하는지 아는 경지까지 올라선 것이다. 머리로 아무리 이해해봐야 꾸준한 연습이 없으면 안 되는 결과였다.

미국 플로리다에서 비행학교를 다니는 동안 인터넷 장터에서 광고를 보고 40~50년은 됐을 법한 오래된 피아노를 샀다. 피아노 값이 400달러, 배달료가 100달러. 낯선 미국 시골에 위치한 비행학교에서 시험과 새로운 교과과정에 몸도 마음도 지칠 때면 나는 그 영화주제곡을 혼자서 연습하곤 했다. 한국에 있는 피아노 선생님 형란이에게 내가 친 피아노 녹음 파일을 보내가면서 원격으로 피아노 레슨을 받기도 했다.

비행 공부만 해도 시간이 부족할 텐데 무슨 피아노 연습이냐고 하겠지만, 나는 '이렇게 해서 취직이나 할 수 있을까?' 하는 막연한 불안감이 엄습할 때면 더욱 피아노를 찾았다. 박자도 안 맞는 건반 두드리기가 조금씩 멜로디가 되어가는 것을 느끼면서 '비행도 꾸준히 배우고 연습하면 언젠간 잘될 거야.' 하는 위로를 얻은 듯했다. 그렇게 피아노는 지친 내 마음을 채워주는 고마운 충전기 역할을 했다.

몇 년 전 전문가인 오빠에게 하이엔드highend 음향기기인 진공관 앰프와 시디플레이어를 선물로 받은 뒤, 클래식 음반을 하나둘 사모으면서 클래식에 흥미가 생겼다. 클래식 음악이 좋아지니 공연을 보러가는 일이 늘었고, 오페라에 관한 책을 읽게 되었으며, 그러다 보니 이탈리아어에도 흥미가 생길 만큼 클래식의 매력에 더욱 빠져들게 되었다. 항공교신 소리를 늘 들어야 하는 통에 항상 귀가 피곤해서 좀처럼 음악을 듣지 않았는데 기분 좋은 변화가 생긴 것이다. 예전에는 조용한 게 좋아서 차를 운전할 때도 음악을 틀지 않았고, 내 차뿐만 아니라 다른 사람의 차에 타서도 "미안하지만 귀가 좀 피곤해서 그러는데 음악 좀 꺼도 될까요?" 하고 묻곤 했는데 비로소 듣는 즐거움을 알게 된 것이다.

한동안 아르헨티나 탱고를 열심히 배우고 타이페이, 오사카, 방콕, 후쿠오카 등지에서 열린 국제 탱고 페스티발을 여기저기 쫓아다닌 적이 있었다. 1950~60년대 탱고 음악을 진공관 앰프로 들으면 그 따뜻한 음색이 아르헨티나 어부들의 한을 달래주듯, 힘들고 지친 내 귀를 달래주는 듯하다.

금강산도 식후경

나는 일단 배가 고프면 집중이 되지 않는다. 그래서 비행을 하는 날에는 회사에서 먹든, 비행기에서 먹든 비행을 하기 전에 일단 밥부터 챙겨 먹는다. 먹는 즐거움을 포기하지 못한다는 것은 영원히 끝나지 않을 다이어트와의 전쟁을 의미하기도 하지만, 옆 동네 다니듯 다른 나라를 드나드는 내게는 다양한 음식 문화를 쉽게 받아들일 수 있는 대단한 장점이 되기도 한다. 덕분에 나는 크게 혐오스럽지 않은 음식이라면 처음 접해보는 음식이라도 서슴없이 시식해보는 편이다. 아마도 나는 다양한 음식을 눈으로 맛으로 향기로 즐기며 살 수 있는 행복감 때문에 해외 생활이 더 즐거운 것인지도 모르겠다.

가끔은 친구들을 집으로 초대해 직접 요리한 음식을 함께 즐기기도 한다. 대학 1학년 때부터 집을 나와 혼자 살았고, 이 나라 저 나라로 떠돌아다니며 외국 친구들 속에서 살다 보니 수준급은 아니어도 웬만한 요리는 국적을 불문하고 조금씩은 다 할 수 있다.

비행하기 12시간 전에는 음주를 할 수 없기 때문에 다음날 비행이 있으면 참곤 하지만, 비행이 없으면 그날의 요리에 맞추어 와인이나 맥주를 곁들여 마시기도 한다. 그러다 보니 내 책꽂이에는 와인에 관한 책, 와인에 어울리는 요리책들이 서너 권 꽂혀 있다. 알고 먹으면 더 맛있고, 보기 좋으면 더 즐길 수 있으리라는 생각에 책을 보면서 어울리는 술을 찾는 것이 취미가 된 것이다.

로맨틱한 촛불을 켜고 예쁘게 테이블 세팅까지 마치면 고급 레스토랑이 부럽지 않다. 무엇보다 이 과정에서 느끼는 스스로에 대한 뿌듯함이 좋아서 이런 준비는 초대한 친구를 위해서라기보다 나 자신을 위한 것일 때가 많다.

아무리 하고 싶었던 일이라도, 아무리 하고 싶었던 공부라 해도 그 일이 직업이 되고 그 공부가 일상이 되면 힘들게 느껴지는 게 당연하다. 일이 기다려지고 공부가 즐거워지려면 일만 해서도 공부만 해서도 안 된다. 세상에는 해볼 만한 재미있는 것들이 차고 넘치므로, 일과 공부를 즐겁게 하기 위해서라도 스스로 재충전할 만한 것들을 찾아서 즐길 필요가 있다.

비행기도 기름칠을 해주고 필터를 갈아주고 가끔 도색도 해줘야 제 역량을 발휘한다. 평소에 질 좋은 연료를 넣어주고 정비를 잘 해주어야 안전하게 오래 비행할 수 있다. 고되게 일하는 나에게, 열심히 공부하는 나 자신에게 선사할 즐거운 일을 찾아보자. 음악이 될 수도 있고 운동이 될 수도 있다. 춤이나 요리, 사진, 그림… 아니면 무언가를 수집하는 취미가 될 수도 있다. 무엇이든 열정을 쏟을 수 있는 어떤 것을 가지고 있다는 것은 삶의 균형을 맞춰주는 질 좋은 영양제이다. 그것은 자신을 사랑하는 방법이기도 하다.

이룬 꿈도 건강이 없으면
사라진다

　　　　　　　　　　매스컴에 조금씩 이름이 알려지면
서 파일럿을 꿈꾸는 청소년들에게 많은 이메일을 받게 되었다. 대개의
내용은 자신이 현재 하고 있는 고민에 관한 것이다.

"항공사 파일럿이 되고 싶은데 시력이 나빠요."
"키가 작은데 파일럿이 될 수 있을까요?"
"집에서 경제적 지원을 받기 어려워요. 방법이 없을까요?"

그중에서 가장 많은 사연은 시력과 관련된 것들이다. 나는 자신의
시력을 걱정하는 이들에게 한결같은 답을 해준다.

"여러분이 항공사나 공군에 지원할 나이가 되었을 때, 시력 하나만 빼고 다른 모든 게 준비되어 있다면 걱정할 필요 없어요."

파일럿의 채용 조건은 시대에 따라, 상황에 따라 계속해서 변하기 때문에 당장은 자신이 가지고 있는 불리한 점이 꿈의 장애물로 여겨질 수 있지만, 시간이 지나 지금의 어린이나 청소년이 항공사나 공군에 지원할 나이가 되면 현재 가지고 있는 약점은 이미 약점이 아닐 수도 있다.

파일럿 신체검사

파일럿은 지상보다 기압이 높은 하늘에서 시간을 많이 보내는 직업이다. 그렇기 때문에 신체적인 조건이나 건강 상태가 상당히 중요하다. 기종이나 비행거리에 따라 비행고도가 달라지긴 하지만 일반적으로 여객기나 화물기가 하늘에서 운항하는 고도는 1만 미터에서 1만1천 미터 내외의 상공이다. 이 고도에서 비행기 기내의 기압은 대략 2천4백 미터 고도 이내의 기압으로 유지된다.

사실 이런 기압차가 나는 고도에서 오르락내리락하며 끊임없이 판단하고 온 신경을 쏟다 보면, 비행이 끝난 후에는 발이 붓고 온몸이 녹초가 된다. 그래서 파일럿에게 건강관리는 선택이 아니라 필수 조건이다.

파일럿 신체검사는 나라마다 조금씩 다르다. 보통은 적어도 1년에 한 번씩 신체검사를 받아야 하고, 한국에서는 50세 이상, 중국에서는 40세 이상이면 6개월에 한 번씩 신체검사를 받아야 한다. 신체검사 항목이나 난이도 또한 나라마다 차이가 있다. 미국 FAA Federal Aviation Association, 미연방항공국의 파일럿 신체검사나 중국 CAAC Civil Aviation Authority of China, 중국민간항공총국, 한국의 신체검사 내용을 보면 대략 안과 시력, 시야, 안압, 색약, 외과 체중, 키, 피부 외관, 이비인후과 귀, 코, 구강, 청력, 내과 혈액, 소변, 엑스레이, 초음파, 심전도, 신경외과 MRI, 뇌파도 검사 및 체력검사 등이 주를 이룬다. 과체중이나 체중 미달 또한 신체검사에서 문제가 되기 때문에 균형 잡힌 식단으로 제때 식사하고 규칙적인 운동으로 체력을 틈틈이 단련해야 한다.

고층 빌딩에서 빠르게 내려가는 엘리베이터를 타거나 비행기를 타본 사람들은 비행기가 하강할 때 귀가 먹먹해지는 것을 느껴본 적이 있을 것이다. 이런 현상은 귀 안과 밖의 기압 차이 때문에 생긴다. 고도가 낮은 곳에서 높은 곳으로 올라가는 동안에는 귀 밖에 있던 공기의 기압이 낮아지기 때문에 귀 안에 있던 공기가 밖으로 나오면서 귀 안의 기압과 귀 밖의 기압이 동등하게 된다. 그런데 귀 안과 밖의 기압이 동등하게 낮아진 상태에서 고도가 높은 곳에서 낮은 곳으로 이동하게 되면 귀 밖의 기압이 높아지면서 기압이 낮은 귀 안으로 공기가 들어가게 되는데, 이때 귀 안에 남아 있는 낮은 기압의 공기가 갈 곳이 없어져 귀가 먹먹해지거나 심하면 통증까지 느끼는 것이다. 이런 현상을 전문용어로 '이어 블록ear block'이라고 한다. 이럴 때는 침을 삼키거나 코를 손으로 잡고 입을 다문 상태에서 '흥' 하고 바람을 불어주면 귓속에 갇혀 있던 낮은 기압의 공기가 귀 밖으로 빠져나가는 데 도움이 될 수 있다. 이어 블록 현상은 감기에 걸렸거나 비염이 있는 경우 더욱 심해질 수 있다.

　그런데 승객들은 어쩌다 한 번 느끼는 것이지만, 파일럿들은 매일 비행하면서 이어 블록을 느껴야 하니 신체검사 시에 이비인후과 검사를 정밀하게 하지 않을 수 없다. 비행 때마다 끊임없이 흘러나오는 비행기와 관제탑의 교신 내용을 들어야 하는 데다 엔진 소음과 비행 시 기체에 부딪히는 바람의 소리까지 들어야 하니 귀가 쉽게 피곤해지고, 오래

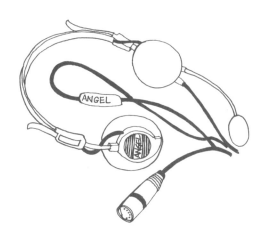

비행한 파일럿의 경우 간혹 가는귀가 먹기도 한다. 언젠가 오케스트라 지휘자들 중에 가는귀가 먹은 사람들이 많다는 이야기를 들은 적이 있는데, 파일럿 또한 귀를 혹사시키는 직업이라서 귀 건강에 더욱 신경써야 하는 것이다.

내가 주로 실천하는 귀 건강법은 세 가지 정도 된다. 첫째, 평소 교신 장비의 볼륨을 너무 크게 틀지 않는다. 둘째, 귀 보호 장비를 따로 마련해서 가지고 다닌다. 셋째, 평소 잔잔한 클래식 음악을 듣는다. 이렇게 각자 실천할 수 있는 방법으로 건강을 스스로 챙겨야 하는 것이다.

파일럿은 눈이 좋아야 된다?

항공사에 입사할 때는 시력이 좋았던 사람들도 비행을 하면서 강한 태양 볕 아래에 있다 보면, 눈이 건조해지거나 쉽게 피로해져 시력이 떨어지는 경우가 많다. 그래서 파일럿들은 대체로 선글라스에 욕심이 많다. 최근 몇 년 전부터 국내 저비용 항공사에서 시력 보정 수술을 어느 정도까지는 먼저 인정했지만 몇 년 전까지만 해도 한국이나 중국의 항공사에서는 라식이나 라섹과 같이 시력 보정을 위해 눈 수술을 할 경우 파일럿 자격을 박탈했다. 그 이유는 시력 보정 수술이 시행된 지 15년 남짓밖에 되지 않아서 안전하다고 인정할 만한 충분한 기간이 못 되는데다 수술을 받은 뒤에도 다시 시력이 나빠진 경우가 더러 있기 때문이다.

실제로 내가 일하던 중국 항공사에서 한 미국인 기장이 시력이 완벽하지 않아 콘택트렌즈를 꼈는데, 시력 보정 수술을 받았다가 파일럿 자격을 박탈당한 예가 있다. 중국에서는 시력 보정 수술이 허용되지 않기 때문에 그 미국인 기장은 안경이나 콘택트렌즈를 끼는 조건으로 파일럿에 채용됐던 것인데, 중국의 항공법을 잘못 이해하고 휴가차 미국에 갔다가 시력 보정 수술을 하고 온 것이다. 그 사실이 파일럿 신체검사에서 밝혀졌고, 결국 신체검사를 통과하지 못해 회사를 퇴사하고 미국으로 돌아갈 수밖에 없었다.

참고로 말하자면 시력 보정 수술이 이미 대중화되어 있는 미국에서는 시력 보정 수술을 했더라도 의사의 소견서를 함께 제출하면 파일럿을 하는 데 아무런 지장이 없다. 물론 미국에서도 파일럿의 시력 보정 수술을 허락한 지는 몇 년이 채 되지 않는다.

어렸을 때 시력이 좋았던 나는 안경 쓰는 친구들이 너무나 부러웠다. 그래서 일부러 눈이 나빠졌으면 하는 바람에 눈부신 해도 뚫어져라 쳐다보고 텔레비전도 일부러 가까이에서 보았다. 소위 눈이 나빠진다고 하지 말라 했던 건 다 한 셈이다. 그래도 눈이 나빠지지 않길래 내눈은 평생 좋을 줄 알았다.

시력을 중요시하는 파일럿이 된 지금은 더 이상 시력이 떨어지지 않도록 무던히 공을 들이고, 시력에 좋다는 음식이나 영양제를 꼼꼼히

챙겨 먹고 있지만, 어릴 때는 파일럿이 된다는 걸 상상조차 하지 못했기 때문에 눈에 나쁜 습관을 많이 가지고 있었다.

하지만 언제까지나 좋을 줄로만 알았던 나의 시력은 20대 후반 인터넷을 접하게 된 시점부터 서서히 떨어졌다. 다행히 콘택트렌즈를 끼고 비행할 만큼은 되어 파일럿 신체검사를 통과하는 데는 문제가 없다. 하지만 새삼 건강은 건강할 때 지켜야 한다는 말이 마음에 와닿곤 한다.

파일럿은 수술 자국이 있으면 안 된다?

"파일럿은 수술 자국이 있으면 안 된다고 하던데 정말 그런가요?"

파일럿이 되고 싶은 학생들에게 받는 질문 중에 하나이다. 결론부터 말하자면 수술 자국이 있는 것은 문제가 되지 않는다. 수술 자국이 있더라도 그 수술이 안전 비행에 영향을 주지 않는다는 것만 증명해 보일 수 있다면 상관없다.

수술 자국은 파일럿 신체검사 중 외과 항목을 검사받을 때 검진하는데_{가운만 입은 상태에서 몸 전체를 살피는 검사를 받게 된다}, 기록에 없는 어떤 수술 자국이 발견되거나 피부질환 등의 심각한 문제가 있거나 피부의 혈색이 유난히 좋지 않은 경우 문제가 될 수 있다. 특히 중국에서 파일럿을 하려는 사람들이 알아두어야 할 점은 몸에 문신이 있으면 안 된다는 것이다.

문신이 있으면 안 되는 이유는 정확히 알 수 없다. 다만 중국의 문화적 배경으로 볼 때 몸에 문신을 새길 만한 성향이라면 난폭하거나 과격한 성격의 소유자라고 여기는 듯하다.

반면 미국에서는 몸에 문신이 있어도 파일럿이 되는 데 아무런 지장이 없다. 다만 문신이 보이지 않게 옷을 입어야 한다는 조건이 붙는다. 내가 미국에서 항공학교를 다니던 시절, 오른팔에 시퍼런 문신을 가득 새긴 학생이 있었다. 만약 그 학생이 항공사에 입사하게 되면 계절에 상관없이 항상 긴 소매 옷을 입어야 한다. 아무리 개방적인 미국이라지만 문신이 공개적으로 보이는 것은 금하고 있다.

일단 파일럿이 되었다고 해도 6개월 또는 1년마다 시행되는 신체검사를 통과하지 못한다면 파일럿 경력이 얼마가 되었든 비행을 할 수 없다. 휴식이나 요양을 한 후 재검을 통과할 수 있다면 다행이겠지만, 1년 이상 휴직을 해야 하는 상황이 발생하면 파일럿 기종 교육을 다시 받아야 한다. 그런데 이럴 경우 회사 입장에서는 교육비와 교육시간을 또다시 투자해야 하므로 파일럿으로 복귀시키는 것에 적극적이지 않다.

모든 파일럿은 매 비행이 끝난 후, 비행하는 동안 발생했던 크고 작은 문제를 비행기 정비 로그북에 기록해야 한다. 비행기 정비사가 로그북을 보고 그다음 비행을 하기 전에 점검할 수 있도록 말이다. 만일 로그북에 아주 작은 것 하나라도 문제점이 있었다면 그것을 해결한 후 비행기 정비사가 사인을 해야 비행기가 뜰 수 있다.

파일럿도 마찬가지이다. 중국 항공사에서는 파일럿이 비행하기 하루 전날 인터넷 상에서 미리 비행 준비를 해야 하는데, 그때 첫 번째 질문이 "당신은 내일 안전 비행을 할 수 있는 건강상태입니까?"이다. 이 질문에 "네."라고 대답할 수 있어야 다음 준비 단계로 넘어갈 수 있다.

꿈을 이루기 위해서는 건강이 먼저이고, 꿈을 이룬 후에도 건강하지 못하면 그 꿈을 유지할 수 없다. 꿈을 유지할 수 없을 뿐만 아니라, 꿈을 이룬들 건강상태가 엉망이라면 그 모든 게 무슨 소용이 있단 말인가? 흔히 하는 말이지만, 건강을 유지해야 꿈도 미래도 있는 것이다. 건강한 신체에 건강한 정신이 깃들고, 거기에서 건강한 꿈이 피어나 날개를 펼 수 있다.

가지고 있을 때는
소중함을 모른다

　　　　　　　　　　　　　지상에서 비행기는 두 발을 이용해
서 방향을 조종한다. 그럼 손은 뭐하느냐고? 한 손으로는 엔진 동력을
조종하고 또 한 손으로는 날개면을 조종한다. 우리가 일반적으로 타는
제트기는 손으로도 방향을 조절할 수 있는 장치가 함께 있지만, 제트
기 역시 이륙을 위한 롤링 시나 착륙 직후 좌우 방향을 조절할 때는 발
로 조종할 수밖에 없다. 이런 일상이 계속되다 보니 나는 이제 자동차
운전을 할 때도 두 발을 같이 쓰는 버릇이 생겼다. 왼발은 브레이크 위
에, 오른발은 액셀러레이터 위에 두는 것이다. 다른 파일럿들은 어떨지
모르겠지만 이밖에도 나에게는 파일럿이라는 직업이 가져다준, 어찌
보면 우스꽝스러운 버릇들이 또 있다.

안전벨트 증후군

자칭 '안전벨트 증후군'에 걸렸다. 비행기를 타면 나는 "안전벨트 매주십시오, 안전벨트 매셨는지 확인하겠습니다. 안전벨트를 담요 밖으로 보이게 매주십시오. 안전벨트, 안전벨트…." 하며 귀찮을 정도로 안전벨트를 강조한다.

얼마 전 한국에서는 좌석이 지정된 버스 안에서 안전벨트 착용이 의무화되었다. 승객이 안전벨트를 착용하지 않으면 버스 기사에게 그 책임을 물어 벌금을 물린다는 것이다. 텔레비전에서 이 뉴스를 보도하며 어느 버스 기사를 인터뷰했는데 "승객이 한두 명도 아니고 안전벨트를 착용하라고 하는데도 하지 않는 걸 기사한테 책임을 묻다니 억울할 따름"이라며 강하게 항변한 장면이 인상에 남는다. 내가 아는 어떤 분은 운전할 때 안전벨트를 매지 않는다. 안전에 대해 무감각하신 거다.

하지만 나는 오히려 안전벨트가 없어서 못 매는 사람에 속한다. 비행할 때는 무려 다섯 개의 벨트를 맨다. 일반 승객들의 안전벨트가 좌우에서 한 줄씩 나와 가운데 버클에서 잠기는 방식이라면, 파일럿의 안전벨트는 좌우에서 한 줄씩 나오고, 다리 사이에서 하나가 올라오며, 양쪽 어깨에서도 한 줄씩 내려와 배꼽 부근에서 버클이 잠기도록 되어 있다. 그렇다 보니 배꼽을 중심으로 사방에서 빡빡하게 조이는 느낌이 오히려 정상이 되어버렸다.

나는 안전벨트를 매는 것이 귀찮기는커녕 어떤 밀폐된 공간 같은 곳에 들어가 팔걸이의자에라도 앉게 되면 나도 모르게 두리번두리번 안전벨트를 찾곤 한다. 가령 극장 같은 곳에서 말이다.

쉬운 일은 없다

가끔 주변에서 비행하는 게 '재미있느냐'고 묻는다. 그럴 때마다 나는 "비행은 내 취미이자 내 직업이다. '즐겁게' 하고 있다."고 답한다. 재미있는 것이나 즐거운 것이나 그 말이 그 말 같지만 내게는 조금 다른 의미이다. '즐겁게' 비행하는 것은 맞는 말인데, '재미있게' 하고 있는지 곰곰이 생각해보면 선뜻 대답을 못 하겠는 거다. 내게 '재미있던' 비행은 비행학교를 다니던 시절에 탔던 작은 싱글 엔진 프로펠러 비행기이다. 제트기는 많이 자동화되어 프로펠러 비행기만큼 비행하는 재미가 없다.

비행기는 조종간을 상하좌우로 움직여서 비행을 한다. 싱글 엔진 프로펠러 비행기는 비행기가 작아서 날개가 바로 가까이에서 보이기 때문에 45도 왼쪽 각도로 조종간을 돌리면 비행기의 날개가 오른쪽은 쑥 올라가고 왼쪽은 쏙 내려가는 게 다 보인다. 고도를 떨어뜨리지 않으려면 조종간의 피치를 잘 조절해야 하고 비행기 날개가 내 등에 달린 날개처럼 느껴질 정도로 비행기와 하나됨을 느끼며 조종해야 한다.

싱글 엔진 프로펠러 비행기와 달리 몇 백 명의 승객을 탑승시킨 여객기는 부드럽게 운항하는 게 중요하다. 비행기가 회전을 하는지, 방향을 바꾸는지, 고도가 올라가는지 내려가는지, 승객이 눈치채지 못하도록 조심스럽게 비행해야 하기 때문에, 특별한 비상 상황이 아니고서는 프로펠러 비행기처럼 45도 각도로 급격하게 조종할 일이 없다. 게다가 이착륙 시가 아니면 오토 파일럿이라는 자동화된 조종 시스템이 조종간을 맡으므로 파일럿은 버튼을 켜고 끄고 돌리고 누르고 당기는 동작만 반복하면 된다. 때문에 직접 조종한다기보다 머리 좋은 로봇을 원격조종한다는 느낌이 더 강하다.

그래서 어떤 날은 오래전 항공학교에서 비행을 배울 때, 또는 교관 시절에 타던 작은 프로펠러 비행기가 그리워진다. 그때는 제트 여객기를 조종하는 게 소원이었는데 말이다.

불평을 하기로 마음먹으면 한두 가지가 아니다. 뜨거운 태양 아래 비행할 때는 조종실 창문으로 들어오는 강한 햇살에 시력이 상할 정도이다. 조종실 블라인드로 막아보지만 역부족이다. 자외선도 강할 뿐더러 눈이 부셔 선글라스를 끼고도 눈이 시리다. 그래서 평소 피곤한 눈을 지키기 위해 눈에 좋다는 음식도 먹고, 한약도 먹고, 밤에 불을 환하게 켜놓지도 않는다. 선글라스를 비롯해 눈과 관련된 물건을 살 때는 무조건 최고의 품질을 고집하고 시력이 나빠지지 않도록 부단히 노력한다.

눈뿐만이 아니다. 높은 고도에서 비행하는 터라 비행기 안의 공기가 굉장히 건조하기 때문에 주름도 쉽게 생기고 피부도 많이 건조해진다. 고도를 오르락내리락하다 보면 시시각각 달라지는 기압 차이 때문에 발도 붓고 귀도 멍멍해진다. 그래서 신발도 한 치수 크게 신어야 하고 옷도 느슨하게 입어야 한다. 조종실에 들어가는 순간부터 조종실을 나올 때까지 끊임없이 들어야 하는 항공 교신 소리와 엔진 소리, 바람 소리는 청력을 약화시킬 정도로 시끄럽다. 언제 어떤 일이 생길지 몰라 가급적 빠르게 식사를 하다 보니 밥 먹는 시간도 무지 빨라졌다. 매일 비행하고 동에 번쩍 서에 번쩍 하다 보면 어제는 낮 기온이 영하 20도인 곳에 갔다가 오늘은 영상 30도인 곳에 가고, 내일은 영상 40도가 되는 곳에 가야 할 때도 있다. 하루는 눈보라를 걱정하고 하루는 태풍을 걱정해야 하는 식이다. 도대체 내가 어느 기후에 살고 있는지 헷갈리고 어떻게 옷을 입어야 좋을지 모를 경우도 허다하다.

밤새 비행을 하고 다른 나라에 갔는데 낮과 밤이 바뀌어 있고, 시차에 적응할 만하면 다시 돌아와야 해서 몸이 늘 긴장 상태이다. 평소 식사에 신경 쓰지 않고 체력 관리마저 하지 않는다면 감기는 늘 달고 살아야 한다.

세상에 쉬운 일이 어디 있겠는가? 원래 다 그런 것이다. 내가 지금 불평하는 이러한 것들이 어떤 이에게는 그럼에도 이루고 싶은 간절한 소망일 것이다. 싱글 엔진 프로펠러 비행기를 타는 파일럿은 작은 전용기라도 좋으니 무조건 제트기만 탔으면 하고 바라고, 소형 제트기를 조종하는 파일럿은 많은 승객을 태우고 더 높은 고도에서 빠르게 나는 큰 여객기 조종사들을 부러워한다. 고도를 기준으로 목표를 삼는다면, 여객기 조종사는 아마 로켓을 타고 지구 밖을 운항하는 우주비행사를 부러워할 것이다. 하지만 우주비행사는 우주 밖에서 지구를 내려다보며 작은 프로펠러 비행기를 타는 '그 시절이 좋았지…' 하고 그리워할지 모를 일이다.

생각해보면 사람들은 가지고 있을 땐 그 소중함을 잘 느끼지 못한다. 지금 일하는 이 회사에 나는 얼마나 들어오고 싶어했던가. 내가 지금 하는 이 일은 얼마나 간절히 바라던 일인가. 지금은 가졌기 때문에 절실하지 않을 뿐, 내가 지금 하는 이 일이 누군가에게는 그렇게도 간절한 꿈일 수 있다.

이른 아침 비행을 나가기 위해 유니폼 셔츠를 챙겨 입고 넥타이를 맨 다음 왼쪽 가슴 포켓에 볼펜 하나를 꽂는다. 그 위쪽 심장 제일 가까운 곳에 '윙'이라 불리는 날개 모양의 금색 배지를 단다. 마지막으로 어깨 위에 반짝이는 네 줄짜리 금색 견장을 달고 파일럿의 신분증인 '플라이트 크루 패스Flight Crew Pass'를 목에 걸면 출근 준비가 끝난다.

비행기에 오르면 조종석 의자를 내 몸에 맞춰 높이를 조절하고, 발이 닿는 브레이크의 거리도 조절하고, 조종간을 조종할 때 팔이 움직

이지 않도록 팔걸이 위치나 각도도 나에게 맞춰 조절해야 한다. 이런 준비 작업을 하는 동안 나는 늘 나 자신에게 말한다.

'그래, 오늘도 열심히 행복하게 일하자!'

'안전하고 즐겁게 비행하자!'

'지금 같은 초심을 잃지 말자!'

초등학교 때 일기를 쓰던 것 말고는 글을 써본 경험이 별로 없다 보니, 처음 책을 쓰겠다고 달려들었을 때는 앞뒤도 없이 본론만 생뚱하게, 그것도 무슨 이야기를 하고 싶은 건지 알 수도 없게 그저 늘어놓기만 했다. 나야 내 이야기이니 그저 뼈다귀만 늘어놔도 알 수 있지만, 나를 모르는 독자 입장에서는 무슨 말을 하는 건지 알 수 없을 그런 독백을 쏟아내고 있었던 것이다. 그래서 초기에 썼던 글들은 퇴짜도 많이 맞았다. '이렇게 써서 언제 다 쓰나.' 하는 생각이 들 만큼 진도 빼기가 어려웠다. 하지만 한 꼭지, 두 꼭지 완성해가며 찬찬히 쓰다 보니 내 스스로 수다쟁이가 되어감을 느꼈다. 나중엔 말이 너무 많아진 게 아닌가 하는 우려가 들 정도였다. 첫 말문이 터져야 말이 느는 아이처럼 글도 봇물이 터져야 쓰고 싶은 이야기가 새록새록 돋아나는가 보다.

글을 쓰면서 참 많은 생각을 했다. 지난 일들을 되돌아본 계기가 되었음은 물론이고 피를 나누지는 않았지만 그동안 많은 분들이 내 곁에서 엄마가 되어주고, 아버지가 되어주고, 형제가 되어주었다는 고마움을 깨달을 수 있었다. 그중에서도 가장 힘든 시기에 엄마가 되어준 정수아 언니는 단연코 내 가슴에 가장 아련한 별이다. 언니는 하늘에서 나를 내려다보며 지켜주는 우리 엄마 별 옆에 언제나 존재할 것이다.

이 책을 쓰면서 조금은 막연했던 앞으로의 꿈과 도전이 구체적으로 그려졌다. 새 꿈을 향한 열정도 더 강해졌다. 2002년 1월 1일 처음으로 항공 이론 수업을 듣기 시작하면서 그렸던 10년 뒤의 내 모습은 항공사의 여객기 파일럿이었다. 그로부터 10년 뒤 나는 바로 그 꿈대로 되었다. 기장이 된 지금, 파일럿의 꿈을 위해 정신없이 달려온 지난 15년의 시간을 돌아보며 이제 새로운 꿈을 꾸게 됐다. 그 꿈이란 비행하면서 파일럿만이 볼 수 있는 풍경을 사진에 담아 정년 퇴직 할 때 즈음 그림으로 옮겨 전시회를 여는 것이다. 어릴 때 그토록 좋아했던 그림을 다시 그리는 화가 조은정이 되고 싶다. 지금부터 나는 새로운 꿈을 위해 열심히 노력하고 날갯짓을 할 것이다.

책을 쓰는 동안 어떤 날은 커튼 사이로 날이 밝아오는 걸 보면서 글을 쓰던 노트북을 덮었고, 또 어떤 날은 회사와 공항 사이를 이동하는 크루 버스 안에서 자고 있는 승무원들이 깰까 봐 조용히 노트북을 열고 글을 쓰기도 했다. 하나하나의 글에 소제목이 달리고, 수정에 수정을 거듭하고 다듬기를 몇 번이고 반복했다. 목차가 정해지고 책 표지에 제목이 생겼다. 이제 드디어 '책'이라는 이름으로 부를 수 있게 된 것이다. 나는 이제 이 책으로 여러분과 만나려 한다. 또 한 번 심장이 터질 것만 같다.

파일럿이 되기 위해 집중적인 교육을 받았던 곳은 미국이지만, 내 첫 날갯짓이 시작된 곳은 한국의 하늘이다. 그 하늘에서 같은 곳을 보고 함께 날아준 파일럿 후배들인 장욱주, 김석환, 그리고 기러기 무리를 이끌고 가듯 나를 이끌어준 파일럿 김정환, 황의송. 그들이 언제까지나 나와 함께 날아주기를 진심으로 바란다.

파일럿이 궁금한 당신에게

개정판 1쇄 발행   2019년 9월 25일
개정판 2쇄 발행   2022년 11월 17일

지은이   조은정

펴낸곳   (주)행성비
펴낸이   임태주

편집장   이윤희
본문 디자인   이유진

출판등록번호   제 2010-000208호
주소   경기도 파주시 문발로119 모퉁이돌 303호
대표전화   031-8071-5913
팩스   0505-115-5917
이메일   hangseongb@naver.com
홈페이지   www.planetb.co.kr

ISBN 979-11-6471-007-2 03810

행성B는 독자 여러분의 참신한 기획 아이디어와 독창적인 원고를 기다리고 있습니다.
hangseongb@naver.com으로 보내 주시면 소중하게 검토하겠습니다.